Lina Link

Die drei !!!

Die drei !!!

Luftballon-Küsse

Ann-Katrin Heger

KOSMOS

Umschlagillustration von Ina Biber, Gilching
Umschlaggestaltung von Sabine Reddig

Unser gesamtes lieferbares Programm und viele weitere Informationen zu unseren Büchern, Spielen, Experimentierkästen, DVDs, Autoren und Aktivitäten findest du unter **kosmos.de**

Weitere Bände dieser Reihe siehe S. 176

FSC
www.fsc.org
MIX
Papier aus verantwortungsvollen Quellen
FSC® C083411

Gedruckt auf chlorfrei gebleichtem Papier

ISBN 978-3-440-16809-7
Redaktion: Franziska Latoska
Lektorat: Claudia Müller
Satz: DOPPELPUNKT, Stuttgart
Produktion: Lena Geiger
Druck und Bindung: CPI books GmbH, Leck
Printed in Germany / Imprimé en Allemagne

Die drei !!!

Luftballon-Küsse

Hals über Kopf

»Noch ein Stück nach links, dann bekomme ich auch den Seerosenteich drauf!« Kim hielt die Selfiestange hoch über Davids und ihren Kopf und lief rückwärts über die Wiese im Jakobipark.

David hatte sich bei ihr eingehakt und grinste verkrampft. »Jetzt drück doch endlich ab«, presste er zwischen den Zähnen hervor. »Ich kann meine Mundwinkel nicht mehr oben halten.«

»Noch ganz kurz«, bat Kim. »Kannst du noch ein bisschen glücklicher ... ahhhh!«

Sie stolperte, ruderte mit den Armen und riss sowohl Selfiestange samt Handy als auch David zu Boden. Beide plumpsten auf den Po und David fing in letzter Sekunde das Handy auf. Er sah auf das Display und lachte. »Das nehmen wir«, meinte es als er Kim das Foto zeigte, auf dem sie beide die Augen aufrissen und gerade nach hinten kippten.

Kim kicherte. »Ja, unsere Beziehung hat eben Höhen und Tiefen.«

Sie machte es sich im Gras bequem. »Hast du dir wehgetan?«, fragte sie.
David sah sie mit seinen goldgesprenkelten Augen an. »Nö, kein bisschen. Und du?« Er schlang einen Arm um Kims Schultern und rieb seine Nase zärtlich an ihrer Wange.
Kim schüttelte den Kopf und schmiegte sich an Davids Oberarm.
»Eine kleine Mundwinkelmassage könnte allerdings nicht schaden. Die Aktion mit dem Pärchen-Pic habe ich mir irgendwie … kürzer vorgestellt.«
»Etwa so?«, fragte Kim, spitzte die Lippen und drückte David einen dicken Schmatz auf den Mund.
»Genau so.« David schloss genießerisch die Augen.
»Und was machen wir jetzt mit dem Foto? Wir haben immer noch keines, das wir posten können.«
»Schon geschehen.«
»Nein. NEIN! Hast du wirklich das Sturzfoto genommen? Du bist echt unmöglich!« Kim kitzelte David da, wo sie wusste, dass er es kaum aushalten konnte. Hinter den Ohren.
»Aufhören«, japste er. »Das ist doch witzig!«
Kim besah sich den Schnappschuss noch einmal. Sie musste zugeben, dass das Foto lustig war. Es sah eben nicht so gestellt aus wie die vielen anderen, die sie gepostet hatte und bei denen sie sich Mühe gegeben hatte, natürlich zu wirken.
David hatte tatsächlich ein gutes Gespür für Fotos. Das kam wahrscheinlich daher, dass sowohl sein Opa Rainer als auch seine Mutter professionell fotografierten. Opa Rainer hatte viele

Jahre lang das Fotostudio *Bild&Schön* in der Innenstadt betrieben, das unter der Wohnung von Davids Familie lag. Doch nun hatte er es an seine Tochter weitergegeben und sich zur Ruhe gesetzt. Davids Mutter hatte einige Zeit überlegt, ob sie ihre freie Tätigkeit als Fotografin zugunsten des Ateliers aufgeben sollte, und hatte sich nach langem Hin und Her dafür entschieden, es zu übernehmen.

Die Einweihungsfeier stand unmittelbar bevor, und die drei !!! hatten David und seiner Mutter versprochen, tatkräftig mitzuhelfen.

Kim sah David von der Seite an und spürte ein Kribbeln im Bauch. Sie fühlte sich einfach wohl an seiner Seite. Sie waren nun schon eine ganze Weile ein Paar und hatten sogar gemeinsam begonnen, einen Fantasy-Krimi zu schreiben. Das war nicht immer ganz einfach gewesen – einmal hatte David einfach die Hauptfigur sterben lassen –, aber Kim war mit den bisherigen Ergebnissen sehr zufrieden. Und nicht nur beim Schreiben waren sie auf einer Wellenlänge: David teilte die meisten ihrer Interessen und sie hatte niemals das Gefühl, sich verstellen zu müssen.

Genau wie bei ihren besten Freundinnen Franzi und Marie. Sie waren zwar ziemlich unterschiedlich – Franzi war tiervernarrt und megasportlich, während Marie sich eher für Mode, Singen, Tanzen und Showbusiness begeisterte. Doch zu dritt waren sie unschlagbar und lösten als Detektivteam jeden Fall. Und als Freundinnen hielten sie zusammen, egal ob Sturmtief oder Glückstaumel.

PIIIEEEPBRUMM! Kims Handy vibrierte und summte.
»Ah, die ersten Reaktionen auf unser Pärchen-Pic«, meinte David.
Kim nahm das Handy. »Nee, das sind Nachrichten von Franzi und Marie. Wenn die beiden gleichzeitig schreiben, muss es etwas Wichtiges sein.«
»Logo.«
Täuschte sie sich oder zog David leicht genervt seine Nase kraus?
Wie auch immer, darauf konnte sie jetzt keine Rücksicht nehmen. Der Detektivclub war Kim superwichtig, und wenn ihre Freundinnen gleichzeitig Nachrichten schickten, gewann ihre detektivische Neugier einfach die Oberhand.
Sie öffnete erst Franzis Nachricht. Ein Foto von einem Brief. Darüber hatte Franzi geschrieben: »Schon gesehen?«
Kim zog das Foto mit den Fingern größer. Der Brief war eine Einladung von Kommissar Peters. Zum Tag der offenen Polizeitür. Mit einem Extravortrag über die interessantesten ungelösten Fälle der letzten Jahrzehnte.
Kim grinste, als sie Maries Nachricht las. »Da gehen wir hin, oder?«, stand darüber. Dann ebenfalls ein Foto der polizeilichen Einladung.
»Na klar«, schrieb Kim zurück. Dann packte sie das Handy weg.
»Fertig?«, fragte David. »Oder musst du jetzt und sofort einen Fall lösen?«
Kim erzählte ihm von der Einladung.

»… und die Fälle, die Kommissar Peters uns vorstellen wird, sind seit vielen Jahren ungelöst«, schloss Kim. »Da können wir noch ganz entspannt ein Eis essen gehen.«

Der übernächste Tag war ein Samstag. Die drei !!! hatten versprochen, nachmittags zum Fotostudio *Bild&Schön* zu gehen und bei den Vorbereitungen für die große Eröffnungsfeier zu helfen. Doch vorher hatten sie sich vor dem Polizeipräsidium verabredet – zum Tag der offenen Polizeitür.

Kim wischte sich den Schweiß von der Stirn, als sie ihr Fahrrad in den silbernen Fahrradständer wuchtete und abschloss. Der August war bisher noch heißer gewesen als der Juli – und der hatte auch schon Rekordtemperaturen gehabt.

Kim setzte sich auf die Stufen der Steintreppe. Der Ahornbaum über ihr spendete Schatten.

Eine junge Polizistin stieß die Flügeltür auf und schleppte einen dreieckigen Aufsteller auf den Vorplatz. Dann heftete sie ein Plakat darauf, trat einen Schritt zurück, um zu prüfen, ob es gerade hing, und verschwand wieder nach innen.

Der Tag der offenen Polizeitür schien einigen Anklang zu finden. Väter und Mütter mit hüpfenden Kleinkindern an der Hand strömten in das Gebäude, gefolgt von Jugendlichen und Erwachsenen jeglichen Alters.

Kim stand auf und betrachtete neugierig das Plakat, auf dem das Programm notiert war. Nun wunderte sie nichts mehr. Da war wirklich für jeden etwas dabei: Besichtigung eines Polizeieinsatzfahrzeugs, Polizeisirenen-Länder-Raten, die ungelösten

Fälle, Polizeiuniformen im Wandel der Zeit, und der eindeutige Höhepunkt war wohl das Hüpfgefängnis – eine Hüpfburg der besonderen Art.

Kim lächelte. Vielleicht hätte sie ihre Brüder doch mitbringen sollen? Das hätte den beiden Superhelden-Detektiven bestimmt gut gefallen. Auf der anderen Seite: Sie musste ihre verrückten Einfälle zu Hause schon oft genug ertragen.

»Hallo!« Franzi und Marie waren gerade angekommen und winkten Kim zu.

»Wartest du schon lange?«

Kim schüttelte den Kopf. »Ich war ein bisschen früher dran. Bei uns zu Hause war dicke Luft. Die Zwillinge haben schlechte Mathe-Noten bekommen und die Arbeiten versteckt. Heute Morgen hat ihre Lehrerin angerufen und die beiden sind aufgeflogen. Ihr könnt euch denken, wie meine Mutter darauf reagiert hat ... Besonders jetzt, wo sie Vertrauenslehrerin ist.«

Marie kicherte. Jeder wusste, dass Kims Mutter, die Rektorin an einer Grundschule war, sehr viel Wert auf schulische Leistung legte und fuchsteufelswild werden konnte, wenn sie irgendwo Faulheit witterte.

Franzi und Marie parkten ihre Räder neben dem von Kim.

»Dann lasst uns mal reingehen«, meinte Franzi. »Kommissar Peters hat uns zu sich ins Büro gebeten, bevor er seinen Vortrag hält. Er will uns jemanden vorstellen.«

Den Weg zu Kommissar Peters' Büro kannten die drei !!! gut. Er hatte ihnen bisher immer geholfen, wenn sie einen Fall gelöst und den Täter gestellt hatten.

Obwohl er sie oft warnte und es lieber gesehen hätte, wenn sie ihn in brenzligen Situationen früher einschalten würden, war er doch über die Hilfe des Detektivteams froh. In letzter Zeit hatten sich die Mädchen allerdings ein wenig Sorgen um ihn gemacht. Er wirkte oft überarbeitet und gereizt.
Sie klopften an die Tür zu seinem Büro.
»Herein!«, rief eine helle Stimme, die definitiv nicht Kommissar Peters gehörte.
Kim öffnete die Tür.
Da, wo früher der große Schreibtisch mit den hohen Aktenbergen gestanden hatte, waren nun zwei viel kleinere Kopf an Kopf gestellt. Kommissar Peters saß an dem einen und strahlte über das ganze Gesicht. An dem zweiten Schreibtisch saß die junge Polizistin, die Kim gerade draußen gesehen hatte.
Kommissar Peters erhob sich und lief mit offenen Armen auf die drei !!! zu. »Herzlich willkommen«, sagte er.
Kim legte den Kopf schief. Was in aller Welt war denn mit ihrem Lieblingspolizisten passiert? Seine Laune war seit Langem nicht mehr so gut gewesen.
»Ich möchte euch gerne meine neue Kollegin Elif Aslan vorstellen. Sie unterstützt mich in meiner Arbeit und ich bin sehr froh«, er blinzelte sie freundlich an, »dass sie bei uns ist.«
Kommissarin Aslan lachte die drei !!! an und stand ebenfalls auf. Sie reichte ihnen die Hand. »Ich habe schon so viel von euch gehört. Es ist schön, euch nun endlich kennenzulernen. Robert sagt, ihr seid tolle Detektivinnen. Manchmal vielleicht ein wenig zu mutig.« Sie zwinkerte Kommissar Peters zu.

Kim konnte sich ein Lächeln nicht verkneifen. Robert? Die beiden schienen sich ja gut zu verstehen. Das erklärte vielleicht die gute Laune von Kommissar Peters!

»Ihr dürft euch in Zukunft auch gerne an mich wenden«, fuhr die junge Frau fort. »Ich bin ein großer Fan von Justus, Peter und Bob und finde es einfach großartig, nun die beinahe genauso berühmten drei !!! kennenzulernen und mit ihnen zusammenarbeiten zu dürfen.«

Sie klapperte mit ihrem Schlüsselbund, an dem eine bronzefarbene Detektivplakette der drei ??? hing. »Die trage ich schon seit zwanzig Jahren bei mir!« Sie ließ den großen Bund klappernd zurück auf den Schreibtisch fallen. »Und ich werde Robert sicher auch noch zu einem Großfan machen«, sagte sie zuversichtlich.

»Mal sehen.« Kommissar Peters lachte. »Der erste Meter an Drei ???-Büchern stapelt sich bereits auf meinem Nachttisch. Aber wer weiß? Vielleicht kann ich von den drei Jungs etwas für meine Arbeit lernen?«

Kim legte den Kopf schief. »Also von den drei Mädels hier auf jeden Fall!«, sagte sie bestimmt. »Und wir von Ihnen, das ist ja klar!«

Kommissar Peters sah auf die Uhr. »Wir müssen los«, stellte er fest. »Unser Vortrag beginnt gleich. Kommt ihr mit?«, fragte er Kim, Franzi und Marie.

Franzi runzelte die Stirn und sagte mit gespielter Strenge: »Ungelöste Fälle? Sie glauben doch nicht im Ernst, dass wir uns die entgehen lassen!«

Raub mit Herz

Im Vorraum der Asservatenkammer – das war der Raum, in dem alle Beweisstücke aus früheren Fällen aufbewahrt wurden – waren einige Reihen Stühle aufgestellt. In der Mitte, auf einem höheren Tisch, stand ein Beamer, der bereits das Thema des Vortrags an die Wand warf: *Polizeipräsidium Nord präsentiert: Die ungelösten Fälle!*

Die drei !!! setzten sich in die letzte Reihe neben einen Herrn mit grüner Ballonseidenjacke, der bereits ein Notizbuch und einen gespitzten Bleistift auf den Knien liegen hatte.

»Ballonseide wird wieder modern«, flüsterte Marie Kim und Franzi zu. »Ich habe mir auch schon überlegt, ob ich mir so eine Blouson-Jacke kaufen soll.«

Kim deutete auf das T-Shirt mit Pailletten-Eselsköpfen, das Marie heute trug. »Ich weiß nicht ... Ich finde die neue Kollektion von Tessa mit Adam und Eva viel cooler. Ich glaube, ich werde mir auch so ein Esels-T-Shirt zulegen. Gibt es das auch ohne Pailletten?«

»Logo«, meinte Marie und strich die Pailletten mit der Hand

nach oben. Jetzt standen die beiden Esel Schnauze an Schnauze und sahen sich verliebt an.

»Das ist aber niedlich!«, rief Franzi begeistert.

»Ja, stimmt«, sagte Kim. »Zu Marie passen diese Glitzerziegel ja auch. Aber mir wäre es trotzdem lieber ohne.«

»Und ich hätte gerne eines mit Polly und Tinka. Vielleicht frage ich Tessa mal.«

Vor ein paar Monaten waren Maries Stiefoma Agnes und ihr Stiefopa Herbert in ein kleines Haus am Waldrand gezogen. Ganz in der Nähe der Grevenbroich-Villa. Mit zu dem Haus gehörten zwei Esel, um die sich Oma Agnes nun liebevoll kümmerte. Alle waren völlig vernarrt in die beiden Grautiere. Besonders Finn, Maries kleiner Bruder, der viel Zeit bei seinen Großeltern verbrachte. Damit war auch das leidige Babysitterthema endgültig vom Tisch. Und Tessa, Maries Stiefmutter, konnte sich weiter ihrer Öko-T-Shirt-Kollektion *Think Nature!* widmen. Ihre Designs, besonders die neue Esel-Kollektion, waren ein so großer Erfolg in ihrem Internetshop, dass sie sogar mit Hilfe von Holgers Mutter einen kleinen Pop-up-Laden in der Innenstadt aufgemacht hatte, um zu testen, wie der direkte Verkauf lief.

»Die beiden wären super Motive!«, räumte Marie ein und strich mit ihrer Hand den Eselskuss auf dem T-Shirt zurück.

In diesem Augenblick traten Kommissarin Aslan und Kommissar Peters ein und gingen nach vorne. Kommissar Peters ließ kurz die Augen über das Publikum schweifen, begrüßte die Gäste und stellte Kommissarin Aslan vor.

»Wir haben hier zwar – auch Dank der umsichtigen Bevölkerung –«, Peters sah die drei !!! an und lächelte, »eine sehr hohe Aufklärungsrate. Trotzdem kommt es natürlich vor, dass Fälle ungelöst bleiben. Manche von ihnen sind besonders rätselhaft oder durch ihre Besonderheit im Gedächtnis geblieben. Ich habe mich in der letzten Woche für Sie auf die Suche gemacht und Interessantes entdeckt.«
Er klickte und eine Oma mit Häkelmütze und Einkaufsnetz erschien auf der Wand. Das Einkaufsnetz war vollgestopft mit Banknoten.
»Der Fall Gerlinde Krämer: Sie stellte sich eines Tages der Polizei und behauptete, eine geschickte Bankräuberin zu sein. Doch zu dem Geständnis fehlte das Verbrechen. Niemand fand jemals heraus, woher das Geld stammte. Die Bank, die Gerlinde Krämer angeblich ausgeraubt hatte, vermisste kein Geld. Und auch sonst niemand.«
»Das ist ja eine verrückte Geschichte«, wisperte Franzi. »Kaum zu glauben.«
Der Mann im der grünen Ballonseide beugte sich zu ihnen. »Ja, nicht wahr? Ich bin Gerd Krämer, der Sohn von Gerlinde. Sie ist mittlerweile gestorben, aber als Bankräuberin wurde sie Zeit ihres Lebens nicht anerkannt. Alle dachten, es sei ihr Geld. Es ist ein Skandal.«
Die drei !!! sahen einander an. Die Geschichte wurde immer absurder. Aber auch immer lustiger.
Kommissar Peters war mittlerweile schon beim zweiten ungelösten Fall angekommen. Der handelte von einem Papageien-

schwarm, der darauf dressiert worden war, Hochzeitsbuffets zu plündern und danach zu Obdachlosen zu fliegen und ihnen die Speisen vor die Nase zu stellen. Es kam niemals heraus, wer die Papageien dressiert hatte. Sie hatten sich auch niemals einfangen lassen und noch Jahre danach wie fliegende Robin Hoods die Armen versorgt.

Kim grinste. Irgendwie war sie sogar froh, dass die Papageien weiter als »Verbrecher« herumgeflogen waren.

Das nächste Bild war ein roter Herzluftballon. Ob der nächste Fall etwas mit Liebe oder so zu tun hatte?

»Und nun kommen wir zum dritten und vielleicht berühmtesten unaufgelösten Fall, der vor vierzig Jahren durch alle Medien ging. Es wurde sogar eine Sonderkommission eingerichtet: die *Soko Roter Luftballon*. Dahinter steckte eine Einbruchserie der besonderen Art. Niemals wurden Spuren gewaltsamen Eindringens festgestellt, immer wurde nur der wertvolle Schmuck gestohlen und an jedem Tatort hinterließ der Täter oder die Täterin einen dieser roten Herzluftballons.«

»Wie unheimlich!«, rief der Ballonseidenmann.

Kim warf ihm einen erstaunten Blick zu. Dass ein Täter klarmachen wollte, dass der Raub oder sogar Mord zu einer Serie gehörte, und etwas Charakteristisches hinterließ, war gar nicht so selten. Meistens war das tatsächlich rätselhaft oder sogar unheimlich. Aber ein roter Herzluftballon? Der hatte eigentlich nicht besonders viel Gruselpotenzial …

Sie sah zu Franzi und Marie. Die schienen völlig fasziniert zu sein. Mittlerweile hatte Kommissar Peters Kommissarin Aslan das Wort überlassen und sie berichtete von den weiteren Ermittlungen der *Soko Roter Luftballon*. Peters stand neben ihr, strich sich immer wieder durch die Haare und lachte bei jeder witzigen Bemerkung von ihr laut auf.

Die Zeit verging wie im Flug. Ein Fall war spannender als der nächste, und nach einer guten Stunde luden die beiden Kommissare die Zuschauer ein, einen Blick in die Asservatenkammer zu werfen.
Neugierig drängten sich alle in Richtung Tür. Kommissar Peters bat die Zuschauer, sich in einer Reihe aufzustellen, und Kommissarin Aslan ging voraus.
Kim blieb stehen.
»Was ist?«, fragte Franzi. »Willst du dir die Asservatenkammer nicht ansehen? Vielleicht kann man dort die Häkeltasche von Gerlinde Krämer oder ein paar Papageienfedern sehen. Eher unwahrscheinlich ist allerdings, dass es Reste der Hochzeitsbuffets dort gibt.«
Marie kicherte.
Kim deutete nur auf den Schreibtisch neben dem Beamer, auf dem noch alle Unterlagen und Akten lagen. »Dieser Herzluftballonfall interessiert mich näher. Das gibt es doch nicht, dass die damals gar nichts herausgefunden haben.«
»Die Soko hatte eben keine drei !!!, die ihnen geholfen haben!« Marie zuckte mit den Schultern.
»Was hast du denn vor?«, fragte Franzi.
»Na, ermitteln!« Kim stand auf, zückte ihr Handy und ging

unauffällig nach vorne. »Schnell, macht mit, dann haben wir die *Akte Roter Luftballon* in null Komma nix abfotografiert. Und dann können wir uns unsere eigenen Gedanken dazu machen.«

Die Akte war ganz schön dick. Viele Zeichnungen und Fotos von den verschwundenen Schmuckstücken und ganze Bilderserien von den Tatorten waren zu einem dicken, leicht zerfledderten Bündel zusammengeheftet. Sie drittelten den Stapel und bald hatten sie alles abfotografiert.

»Ganz in Ordnung ist das aber nicht!« Franzi war das schlechte Gewissen ins Gesicht geschrieben. »Wir hätten ja auch fragen können!«

Kim steckte das Handy wieder in den Rucksack. »Kommissar Peters hätte *uns* auch schon lange fragen können, finde ich. Da hat er so viele schöne ungelöste Fälle und wir haben doch immer wieder zwischendurch eine Detektivflaute!«, wandte Kim ein. »Und wenn wir nichts herausbekommen: egal! So wenig Erfolgsdruck hatten wir noch nie.« Sie heftete die losen Blätter wieder ein. »Jetzt wollen wir mal sehen, wo die anderen sind.«

»Und was machen wir jetzt mit all den Handyfotos?«, fragte Franzi und biss von einem dick belegten Käsebrötchen ab, das sie an einem der Verkaufsstände im Hof gekauft hatte.

»Wir sind ja nachher im Fotostudio, um Davids Mutter zu helfen«, meinte Kim. »Bestimmt dürfen wir uns da Farbausdrucke machen. Dann übersehen wir auch kein Detail.«

»Gute Idee! Was steht da heute an?«, wollte Marie wissen.

»Soweit ich weiß, stehen Ausmisten und Aufräumen auf dem Programm. Im Laufe der Jahre hat Opa Rainer wohl so einiges angesammelt. Und dafür sollten wir uns stärken. Habt ihr den Apfelstrudel vorne beim Kuchenverkauf gesehen?« Kim schleckte sich über die Lippen. »Der duftet bis hierher!«

Franzi lachte. »Kannst mich ja mal beißen lassen. Das muss ich schon aus Konkurrenztest-Gründen für meine Mutter. Nicht, dass es plötzlich einen besseren Apfelstrudel auf der Welt gibt als ihren. Es wäre nicht auszudenken ... Allerdings will ich vorher noch etwas ausprobieren. Ich muss unbedingt in dieses Hüpfgefängnis!«

Alte Liebe

Als die drei !!! vor dem Fotogeschäft *Bild&Schön* in der Innenstadt ankamen, wehte ein milder Wind und wirbelte ein paar Plastiktüten durcheinander. Franzi fing sie gekonnt auf, zerknüllte sie und warf sie in den nächsten Abfalleimer. »Sieht zwar schön aus, wenn die so tanzen, ist aber schlecht für die Umwelt«, murmelte sie.

Sie sperrten ihre Räder aneinander und öffneten die Ladentüre.

PLING! PLANG! PLONG!

»Es klingelt«, rief jemand jubelnd von hinten. »David, du hast alles richtig gemacht!«

Anne Lindemann, Davids Mutter, betrat den Verkaufsraum und begrüßte die Mädchen. »Schön, dass ihr da seid. Wir haben nämlich genau zwei Stunden an diesem Gong hier herumgebastelt. Und jetzt hat er zum ersten Mal funktioniert. Kommt doch bitte noch einmal rein!«

»Eine meiner leichtesten Übungen«, meinte Franzi und ging aus dem Laden. PLING! PLANG! PLONG! tönte es, als sie die Tür wieder öffnete.

»Perfekt!« David war nun auch nach vorne gekommen. »Dann können wir das ja abhaken.« Er nahm Kims Hand und drückte sie. »War es schön beim Tag der offenen Polizeitür?«
Kim nickte. »Und wir haben sogar einen neuen, ganz furchtbar alten Fall an Land gezogen.«
»Im Ernst?« Über Davids Gesicht huschte ein Hauch von Enttäuschung. »Dann habt ihr gar keine Zeit, uns zu helfen? Timo ist im Urlaub, da brauchen wir jede Hand, die wir bekommen können.«
Kim streichelte David über den Arm. »Dieser Fall ist seit vierzig Jahren ungelöst. Keine Panik, es wird nicht schlimm sein, wenn wir die Sache langsam angehen lassen. Ich freue mich doch darauf, dir und deiner Mutter zu helfen!«
»Und mir?« Adele, Davids Schwester, stellte einen Karton mit alten Fotografien auf den Verkaufstresen. Ihre rotbraunen Wuschellocken tanzten dabei lustig hin und her.
»Dir natürlich auch.« Kim zwinkerte David zu. Das war noch so eine Gemeinsamkeit von ihnen: Sie beide mussten sich mit mal mehr und mal weniger nervigen kleinen Geschwistern abgeben. Kim mit ihren Zwillingsbrüdern Ben und Lukas und David mit seiner achtjährigen Schwester Adele. David hatte zwar noch einen großen Bruder, Timo, aber der war bereits ausgezogen und nervte überhaupt nicht.
David wirkte erleichtert. »Opa Rainer will heute die alten Fotografien durchsehen. Er möchte so eine Art Zeitreise-Ausstellung seiner Fotos machen. Da könnten wir ihm bei der Auswahl helfen.«

Kim, Franzi und Marie nickten begeistert. Das klang spannender als Ausmisten.
David hielt sich verschwörerisch die Hand vor den Mund. »Allerdings müsst ihr wissen: Opa Rainer hat eine neue Freundin. Iris. Und ich bin mir nicht sicher, was ich von ihr halten soll. Sie ist zwar nett, aber sie ist irgendwie immer da, wo Opa ist.«
»Wohnt sie denn auch bei euch?«, fragte Kim.
David nickte. »Und wie! Sie ist nicht zu übersehen und zu überhören.« Er grinste leicht gequält.
Solange Davids Opa Rainer das Fotogeschäft betrieben hatte, hatte er in der Innenstadt gewohnt. Seit einem halben Jahr wohnte er jedoch in einem kleinen Haus mit Garten auf dem Land und war glücklich, nun endlich eigenes Obst und Gemüse anbauen zu können.
Für die Dauer der Neueröffnung hatte er die Einladung seiner Tochter Anne angenommen und wohnte zusammen mit seiner neuen Freundin Iris bei ihr und ihrer Familie über dem Fotostudio.
Kim konnte sich lebhaft vorstellen, dass noch zwei Menschen in der ohnehin nicht besonders großen Wohnung David nervenmäßig an seine Grenzen brachten.
»Und tata! Da ist sie auch schon«, raunte David, als eine hohe, nervöse Stimme zu hören war.
»Adele? Kindchen? Wo hast du denn die Kiste mit den alten Fotos hingestellt?«
Eine Frau um die sechzig kam die Kellertreppe herauf. Ihre

weißblonden Haare trug sie in einem Pagenschnitt und sie hatte ein geblümtes, weit geschnittenes Sommerkleid an.
Adele legte den Finger über die Lippen und versteckte sich hinter der Ladentheke.
»Adele? Adele!«, rief Iris, entdeckte dann aber die alte Pappkiste und schnappte sie sich, ohne die drei !!! oder David wahrzunehmen, und war auch schon wieder verschwunden.
»Wisst ihr, was ich meine?« David runzelte die Stirn. »Iris ist irgendwie ein bisschen zu viel von allem.«
»Es ist ja nicht für immer!«, tröstete Kim ihn und schmatzte ihm ein Küsschen auf die Wange. »Wenn du einen Koller bekommst, dann ziehst du zu mir. Ob dir die beiden Superhelden-Detektive allerdings lieber sind? Fraglich …«
Doch bevor David antworten konnte, kam Opa Rainer mit großformatigen Fotografien unter dem Arm zu ihnen.
David stellte ihm die drei !!! vor.
»Wie nett«, sagte Opa Rainer und drückte vor allem Kim lange die Hand. »David hat mir schon viel von euch erzählt. Und besonders freue ich mich, endlich Kim kennenzulernen.«
Kim wurde ein wenig rot. Sie fand Opa Rainer auch sehr nett und war richtig froh, dass er sie ganz offensichtlich mochte.
»Es ist schön, dass ihr mir helfen wollt, die alten Aufnahmen für die Ausstellung zu sichten«, fuhr er fort. »Alleine könnte ich mich bestimmt nicht so gut entscheiden.«
Kim nahm ihm einen Packen Fotografien ab und folgte ihm zu einer kleinen Sitzecke im Verkaufsraum. Sie legte alles auf dem kleinen Holztisch ab.

»Stimmt es, dass Sie früher viele Stars fotografiert haben?«, fragte sie.
Opa Rainer nickte. »Ja, in den Siebziger- und Achtzigerjahren des letzten Jahrhunderts wollten viele berühmte Leute von mir fotografiert werden. Vor allem Schauspieler und Sänger. Ich hatte eine Methode entwickelt, ein Porträt nicht einfach nur so zu knipsen, sondern es länger zu belichten. Die Künstler sagten immer, auf diese Weise käme ihr wahrer Charakter mit auf das Foto. Doch irgendwann in den Neunzigern ist das Ganze abgeflaut und andere Fotografen kamen in Mode.«
Opa Rainer blätterte die Fotografien durch und zeigte den drei !!! ein Foto von einer Blondine mit wilder Dauerwelle. Sie trug einen Gymnastikanzug aus glitzerndem Silberstoff und lilafarbene Leggins.
Marie grinste. »Cool. Typisch für die Mode der Achtziger. Könnte man heute fast wieder so tragen ...«
»Sabine«, sagte Opa Rainer und grinste zurück. »Ihre Band, die *Heartbreakers*, waren damals ständig Nummer eins in der Hitparade. Ich mochte die Musik. Und Sabine war auch ganz okay.«
»Ganz okay?« David kicherte. »Hast du dir nicht alle Platten von ihr signieren lassen?«
Opa Rainer schüttelte den Kopf. »Nein, nein, das war nicht Sabine. Du meinst Helene. Helene Rosenhain.« Er richtete seine Augen in die Ferne und lächelte.
»Stimmt«, meinte David. »Von der hast du uns immer vorgeschwärmt. Aber die hat ja eher so Schlager gesungen, oder?«

»Keine Schlager«, widersprach Opa Rainer. »Sondern Chansons und Lieder aus den Dreißiger- und Vierzigerjahren. Helene war eine tolle Frau. Ich zeige sie euch.«
Er löste vorsichtig den Knoten eines grünen Satinbandes, das um eine große Mappe geschlungen war. Einen kurzen Augenblick starrte er völlig versunken auf das Foto, das obenauf lag. Es zeigte eine blonde Frau, die ein schmales grünes Kleid trug und der ein kleiner Hut mit Feder auf dem Kopf saß. Sie hatte das Bein auf einen Stuhl neben ihr gestellt und fächelte sich mit einem Strauß Pfauenfedern Luft zu. Dabei lächelte sie geheimnisvoll und blickte in den Himmel, wo ein roter Herzluftballon schwebte.
Kim musste kurz schlucken. Schon wieder so ein Herzluftballon. Komischer Zufall ...
»Das Foto ist sensationell!«, meinte Marie. »Das müssen Sie auf jeden Fall ausstellen.«
Kim sah Marie von der Seite an. Hatte sie den Herzluftballon auch bemerkt? Offensichtlich nicht, denn sie beugte sich über die Mappe, um weiterzublättern.
»Und das hier auch. Und erst das nächste!« Marie war völlig gefesselt und Opa Rainer strahlte über das ganze Gesicht.
Die Fotos waren wirklich große Klasse: Helene Rosenhain zu Hause auf ihrem Sofa im Wohnzimmer, im Garten tanzend mit fliegenden Rotkehlchen um sie herum, am Ufer eines malerischen Sees. Und auf jedem Foto war ein Herzluftballon. In ihrer Hand, in der Luft oder irgendwo festgebunden. Das nächste Foto zeigte Helene inmitten einer Blumenwiese. Sie

hatte die Arme nach oben gestreckt und machte einen Kussmund.
Verflixt. Dieses Bild hatte sie schon einmal gesehen. Nur wo und wann? Kim merkte, dass Franzi ganz sanft mit dem Fuß an ihr Schienbein stieß und die Augenbrauen hob. Dann deutete sie auf ihr Handy. Kim nickte.
Franzi kam die ganze Sache also auch seltsam vor. Wahrscheinlich die vielen Herzluftballons. Aber irgendetwas hielt Kim davon ab, diesen komischen Zufall sofort herauszuposaunen.
Sie holte ebenfalls ihr Handy aus der Tasche und öffnete unauffällig das Fotoarchiv.
Vorsichtig zog sie das erste Bild größer und schielte verstohlen darauf. Sie hatte sich nicht getäuscht. Auf dem Tatort-Foto der alten Fallakte hing über dem Sofa, an dem das rote Luftballonherz festgebunden war, ein Abzug des Bildes von Helene Rosenhain auf der Blumenwiese. Merkwürdig.
Kim schob Franzi das Handy hin. Die warf einen Blick darauf und malte ein dickes Fragezeichen in die Luft.
Kim fasste sich ein Herz und sah Davids Opa an. »Ich würde Ihnen gerne etwas zeigen«, sagte sie.
»He, wir haben noch gar nicht alle Fotos gesehen«, beschwerte sich Marie. »Eins nach dem anderen. Das sagst du doch sonst auch immer.«
»Es geht gar nicht um die Ausstellung«, fuhr Kim fort. Und dann erzählte sie Opa Rainer von den ungelösten Fällen und speziell von dem Herzluftballonfall.
Und nun zeigte auch Franzi, dass an einem der Tatorte über

dem Esstisch ein Bild von Helene Rosenhain – das mit den Rotkehlchen – hing.
Kim konnte beobachten, wie sich sowohl Davids Gesicht als auch das von Opa Rainer verdunkelten.
»Musst du jetzt davon anfangen«, beschwerte sich David. »Vorhin hast du noch gesagt, dass der Fall warten kann, weil er das schon vierzig Jahre tut.«
»Aber es muss eine Verbindung geben«, versuchte es Kim erneut. »Hier am Tatort hängt ein Foto von Helene Rosenhain. Und auf allen Bildern sind Herzluftballons!«
Auf Opa Rainers Stirn furchte sich ein tiefe Falte und er sagte mit ernster Miene: »Keine Ahnung, wie die Fotos von mir an die Tatorte kommen. Aber ich habe meine Bilder damals sehr gut und zahlreich verkauft. Hier in der Stadt sind das sicher nicht die einzigen Wohnungen mit Abzügen von mir. Und was die Herzluftballons betrifft: Was kann Helene denn dafür, dass irgendein Verbrecher sich ihres Markenzeichens bedient hat? Können wir das Thema vielleicht beenden? Ich finde es im Übrigen auch überhaupt nicht gut, was ihr da getan habt. Detektivteam, schön und gut. Aber die Vergangenheit muss man auch einmal ruhen lassen.«
»Wissen Sie, ob Helene noch in der Stadt wohnt?«, wagte Kim sich noch einmal vor.
»Ich habe sie seit vierzig Jahren nicht mehr gesehen«, antwortete Opa Rainer und seine Stimme klang bitter. »Und jetzt werde ich nichts weiter dazu sagen!«

Verwechsel-Müll

»Wozu sagst du nichts mehr?« Iris tauchte auf und setzte sich zu ihnen an den Tisch. Als sie die Fotos von Helene Rosenhain sah, wurde ihre Stimme schneidend. »Das hätte ich mir ja denken können. Glaubst du nicht, dass es langsam mal an der Zeit wäre, mit dieser Frau abzuschließen? Helene, Helene, Helene. Ich höre immer nur Helene. *Ich* bin jetzt deine Freundin. Du könntest auch mal ein paar schöne Fotos von mir machen! Ich finde das ganz schön verletzend.« Sie sackte auf dem Sessel zusammen und sah sehr unglücklich aus.

Jetzt hatte Kim fast ein wenig Mitleid mit ihr. Das tat bestimmt weh, wenn der eigene Freund von einer anderen Frau schwärmte. Und das seit vierzig Jahren!

»Außerdem schufte ich mir den Rücken krumm für deine Tochter. Gerade habe ich alle Sperrmüllkisten nach draußen gestellt. Und du hast nichts Besseres zu tun, als hier oben zu sitzen und in der Vergangenheit zu schwelgen.«

Opa Rainer sah Iris erschrocken an und nahm quer über den Tisch hin ihre Hand. »Du musst dir überhaupt keine Sorgen

machen, mein Schatz!«, versuchte er sie zu beruhigen. »Das alles ist lange her und es hat überhaupt nichts mit uns zu tun. Rein gar nichts. Ich finde es übrigens großartig, dass du dich für die Neueröffnung so ins Zeug legst. Wirklich. Wir sind dir alle sehr dankbar.«
Iris' Mund verzog sich zu einem Lächeln. »Und das meinst du auch wirklich ernst?«, fragte sie ihn.
Opa Rainer nickte. »Lass uns heute Abend zu dem kleinen Italiener um die Ecke gehen. Dann lade ich dich auf eine *Pizza Amore* ein«, schlug er vor.
»Die mit der Herzchensalami?«
»Genau!«
Iris schien versöhnt, denn sie lächelte Opa Rainer an.
»Welche Kisten hast du denn eigentlich nach draußen gestellt?«, fragte David plötzlich misstrauisch. »Die Sperrmüllsachen waren doch in blauen Müllsäcken.«
Iris blickte auf. »Na, die Kisten, auf denen ›Sperrmüll‹ stand. Die ganz hinten im Studio standen!«
Adele tauchte hinter der Ladentheke auf. »Nein!«, schrie sie. »Da waren die Kostüme für die Zeitreise-Aktion drin! Mama, komm schnell!«
Iris legte den Kopf schief und sah erschrocken und gleichzeitig beleidigt aus. »Das konnte ich ja nicht wissen«, sagte sie und stand auf.
Gleichzeitig drängten alle vor die Tür, auch Davids Mutter.
Auf dem Gehsteig standen drei Kisten. Aus der einen hing das Bein einer Clownshose, aus der zweiten ragte ein Feenzauber-

stab und auf der dritten lag ein altmodischer Kugel-Taucherhelm.
Anne schnappte sich sofort die erste Kiste und trug sie zurück ins Fotostudio.
»Es waren vier!« Adele wühlte in den verbleibenden Kisten. »Die Kiste mit den fransigen Kleidern und den Glitzerstirnbändern ist verschwunden. Die waren so cool!«, heulte sie. »Jemand hat sie gestohlen!«
David beugte sich zu seiner kleinen Schwester hinunter. »Nicht gestohlen. Jemand hat gedacht, wir wollen die Sachen loswerden. Ist doch klar. Es stand ja sogar ›Sperrmüll‹ auf der Kiste. Wir hätten die wertvollen Kostüme nicht in diese Kisten packen dürfen. Das hat ein Doppelmissverständnis ausgelöst. Erst hat Iris die Sachen rausgestellt und dann hat sie jemand mitgenommen, der sie brauchte.«
»Aber wir brauchen sie auch.« Adele wischte sich eine Wutträne aus dem Augenwinkel. »Für unser Zeitreise-Shooting bei der Neueröffnung. Ich wollte das grüne Kleid mit den Pailletten anziehen. Und mit Opa den Schalentanz machen.«
»Charleston«, verbesserte David. »Dann verkleidet ihr euch eben als Mars-Bewohner und tanzt einen Außerirdischen-Tanz.«
Adele streckte David die Zunge raus. »Nö! Das ist blöd!«, rief sie und verschwand im Haus.
Kim hatte nur die Hälfte verstanden. Welche fransigen Kostüme waren weg? Und was war das für ein merkwürdiger Tanz, den Adele tanzen wollte?

Marie schien ihren verwirrten Blick bemerkt zu haben. »In den Zwanzigerjahren hat man gerade geschnittene Kleider mit vielen Pailletten und Fransen getragen. Dazu gerne ein Stirnband. Das hast du doch vorhin auf den Bildern von Helene Rosenhain gesehen.«
Kim nickte. Das grüne Kleid hatte tatsächlich einen ungewöhnlichen Schnitt gehabt.
»Und getanzt hat man Charleston, einen ziemlich lustigen Tanz, bei dem die Frauen die Unterarme nach oben nahmen und sich hin und her drehten, sodass die Fransen an ihren Kleidern in alle Richtungen flogen«, erklärte Marie weiter und machte etwas mit den Beinen. Kim wunderte sich, dass sie dabei keinen Knoten in ihre Unterschenkel bekam. »Soll ich es dir beibringen?«, fragte Marie.
»Lass mal«, meinte Kim. »Sieht echt kompliziert aus.«
Davids Mutter trat mit gesenktem Kopf zu ihnen. »Die Kleider waren alle Originale. Ich kann Iris keinen Vorwurf machen, aber traurig bin ich schon. Seit Jahren sammle ich Kleider aus dieser Zeit und jetzt sind sie alle weg.«
Kim sah Franzi und Marie an und sie wusste, dass ihre beiden Freundinnen das Gleiche dachten. »Wenn Sie wollen, können wir uns um den Fall kümmern. Ich weiß nicht, was David erzählt hat«, sie zwinkerte David zu, »aber wir sind als Detektivinnen ziemlich erfolgreich. Vielleicht können wir Ihnen helfen.« Kim zog ihre Visitenkarten, die sie immer in der Hosentasche mit sich trug, heraus und überreichte eine davon Anne Lindemann.

»Das würdet ihr tun? Obwohl ihr doch mit der Eröffnung hier auch schon ziemlich eingespannt seid?« Annes Augen leuchteten hoffnungsvoll.

»Wir können natürlich nichts versprechen«, räumte Franzi ein. »Aber versuchen können wir es. Unser aktueller Fall ist eigentlich nicht so aktuell. Der kann noch warten.«

Kim sah, dass David mit den Augen rollte. »Da kann ich ja jetzt schlecht meckern, richtig? Super, dass ihr meiner Mutter helfen wollt.« Er strich Kim über den Arm.

»Und wir sollten auch gleich loslegen«, meinte Franzi. »Alle Unbefugten räumen jetzt bitte den Tatort. Wir müssen Spuren sichern.«

Marie ging ins Haus, um die restlichen Kisten genauer in Augenschein zu nehmen. Vielleicht hatte derjenige, der die vierte Kiste mitgenommen hatte, beim Durchwühlen der restlichen Spuren hinterlassen?

Kim untersuchte den Gehsteig und Franzi sah sich bei der kleinen Bank gegenüber dem Laden um. Zunächst konnte Kim nichts Ungewöhnliches entdecken. Nur ein bisschen Staub, einen klebrigen Fleck, der nach der Farbe zu urteilen mal eine Kugel Erdbeereis gewesen war, und einen Kronkorken. Doch Moment ... hatten Kronkorken nicht immer gezackte Ränder, damit sie am Flaschenhals hielten?

Mit dem Fuß holte sie sich die silberne Scheibe ein wenig näher heran. Das war kein Kronkorken! Das runde Plättchen war aus Metall und in der Mitte prangte eine Eins. Kim holte einen Plastikbeutel aus ihrem Rucksack und hob die Scheibe mithilfe der Plastiktüte auf, um mögliche Fingerabdrücke nicht zu verwischen. Dann betrachtete sie sie. Am Rand waren kreisförmig Buchstaben eingedruckt. *BURG SONNENTAU 1 TALER.*

»Franzi, komm mal her! Meinst du, das hat etwas zu bedeuten?«

Franzi kam näher und besah sich Kims Fund. »Kommt mir so vor, als hätte das Ding noch nicht so lange auf der Straße gelegen. Es hat keine Kratzer und ist überhaupt nicht schmutzig. Kann schon sein, dass jemand die Münze gerade verloren hat. Und möglicherweise hat dieser Jemand eine Kiste weggeschleppt.«

»Ich versuche, zu Hause Fingerabdrücke zu sichern«, versprach Kim.

Sie suchten beide noch eine Weile weiter. Doch außer ein paar zerknüllten Kassenzetteln und einer alten rostigen Coladose fanden sie nichts mehr. Marie konnte gar nichts vorweisen.

Kim sah auf die Uhr. Es war schon Viertel nach sechs. »Ich muss jetzt nach Hause. Abendessen.«

»Aber morgen lade ich dich zu einem richtig schönen Abendessen ein!« David legte den Arm um Kim.

Kim zögerte einen Tick zu lange.

»Du hast es doch nicht vergessen?«

»Nein, nein, natürlich nicht«, beteuerte Kim schnell. »Wenn wir nachmittags unser Clubtreffen machen, dann habe ich abends Zeit!«

Franzi und Marie nickten.

»Der Tag war ganz schön voll. Und wir haben sogar noch zwei halbe neue Fälle. Wir können uns morgen Nachmittag bei mir treffen«, schlug Franzi vor.

Kim drückte David, so fest sie konnte. Wie gut er roch! »Siehst du, unserem romantischen Candle-Light-Dinner morgen Abend steht also nichts im Weg«, sagte sie.

»Jaja.« David sah ihr tief in die Augen. »Solange kein dritter halber Fall dazukommt, sehe ich eine klitzekleine Chance, dass es klappt.«

Spuren und Lipgloss

Mit den gesicherten Fingerabdrücken, einem Tablet und der eingetüteten Münze machte Kim sich am nächsten Tag auf den Weg zu Franzi.

Franzi wohnte mit ihrer Familie etwas außerhalb der Stadt in einem alten Bauernhaus. Franzi liebte Tiere und hatte ein eigenes Pony, eine Rappstute namens Tinka, und das Huhn Polly, das ein wenig hinkte, aber dadurch besonders niedlich wirkte. Seit ihrem letzten Fall hatten sie auch noch eine Eule, Mathilda, die sich den Flügel verletzt hatte. Der Eule ging es mittlerweile wieder recht gut, sie durfte nur Polly nicht zu nahe kommen, denn die war ziemlich eifersüchtig auf das neue Geflügel in Franzis Leben.

In Winklers altem Pferdeschuppen hielten die drei !!! für gewöhnlich ihre Clubtreffen ab und hier gab es auch meist ein leckeres Stück Kuchen, selbst gebacken von Franzis Mama. Kim fand, dass es keine besseren Kuchen auf der Welt gab als die von Frau Winkler. Ein Stück davon im Bauch schärfte ihre Gedanken und brachte sie zu Höchstleitungen.

Kim stellte ihr Rad neben Tinkas Koppel ab, holte die trockene Brotscheibe, die sie für das Pony mitgenommen hatte, aus der Hosentasche und hielt sie der Stute hin.

»Na«, begrüßte sie sie, als Tinka angetrottet kam und neugierig guckte, was Kim in der Hand hielt. »Wie geht es dir heute?«

Tinka schnaubte und schnappte das Brot mit ihrem weichen Maul. Dann knurpste sie es gemütlich auf.

Kim mochte das Gefühl von warmem Pferdemaul an ihrer Hand. Mittlerweile. Denn es hatte schon einige Zeit gedauert, bis sie sich damit angefreundet hatte. Ein Pferd war eben eine andere Größenordnung als Pablo, ihr Hund.

Gut gelaunt ging sie hinüber zum Pferdeschuppen. Vor der klapprigen Holztür stand eine Kuchenglocke. Mmm. Kirschkuchen! Sie nahm die Glocke mit und öffnete die Tür.

Franzi und Marie winkten.

»Was bringst du denn mit?«, fragte Marie.

»Stand draußen. Einfach so«, antwortete Kim. »Ich werde aber nicht weiter nachfragen, ob dieser tatsächlich für uns ist. Ich habe ihn gefunden und ich werde ihn auch aufessen. Finderlohn sozusagen.«

»Jetzt ist es hochoffiziell. Ein klassischer Fall von Kuchenwahn«, raunte Franzi. »Da gibt es nur eine medizinische Maßnahme, die hilft: teilen.«

Marie kicherte und hob den Deckel. »Riecht gut.« Sie nahm sich ein Stück und biss hinein. »Und schmeckt auch gut. Fangen wir an?«

Kim holte ihr Tablet, die gesicherten Fingerabdrücke und die Münze heraus. Außerdem eine Mappe mit den Ausdrucken der Fotos, die sie heimlich von dem Herzballonfall gemacht hatte.

»Mit welchem Fall beginnen wir?«, fragte Marie. »Herz oder Zahl?«

»Herz«, beschloss Kim. »Glaubt ihr, dass es ein Zufall ist, dass an zwei der Tatorte Fotoabzüge von Opa Rainer hängen?«

»Es sind nicht nur zwei. Seht mal bei meinen Ausdrucken. Hier in der Wohnung in der Sielstraße hängt auch eines der Bilder. Allerdings von der *Heartbreakers*-Frau. Sabine oder wie die hieß.«

»Ich kann nicht glauben, dass Opa Rainers Fotografien so bekannt waren, dass sie fast in jeder der Wohnungen hingen, in die eingebrochen wurde«, überlegte Franzi.

»Es sind ja nur drei von ... warte mal!« Kim blätterte die Unterlagen durch. »... von siebzehn. Bei den anderen vierzehn wissen wir es nicht. Zumindest sehen wir nichts auf den Fotos, die vom Tatort gemacht wurden. Trotzdem ist es für einen Zufall irgendwie zu viel.«

»Und die Herzluftballons dürfen wir ja auch nicht vergessen«, fügte Franzi hinzu.

»Da hängen Bilder an der Wand von einer Künstlerin, die Herzluftballons liebt, und dann hinterlässt der Täter auch immer einen?«, überlegte Marie laut. »Helene wurde damals mehrfach ergebnislos befragt, das steht in den Protokollen. Es konnte ihr nichts nachgewiesen werden, obwohl die Polizei sie verdächtigte.«

»Was meint ihr? Weiß Opa Rainer wirklich nicht, wo Helene Rosenhain jetzt ist? Irgendwie nehme ich es ihm nicht ab.« Kim wischte sich einen Kirschkuchenkrümel vom Gesicht. »Aus ihm kriegen wir nicht mehr Informationen raus, aber wir können uns ja bei den kommenden Renovierungen mal genauer in seinen Schränken und so umsehen.«
»Gute Idee«, meinte Franzi. »Wenn wir weiterhin im Studio helfen, ist das überhaupt kein Problem.«
»Wenn man den Namen ›Helene Rosenhain‹ im Internet eingibt, dann kommen überhaupt keine neueren Treffer. Es gibt eine Menge Fotos aus den Siebzigern und Achtzigern, und ich finde auch einen Lexikoneintrag über Helene, aber niemand scheint zu wissen, was sie die letzten vierzig Jahre gemacht hat, geschweige denn, wo sie war.« Kim ließ enttäuscht das Tablet sinken.
»Dann sagt Opa Rainer womöglich doch die Wahrheit? Ich meine, dass er nicht weiß, wo sie jetzt ist?«, vermutete Franzi.
»Kann sein. Es ist auf jeden Fall höchst rätselhaft. Wir sollten uns unbedingt im Fotostudio umsehen, so wie Kim vorgeschlagen hat. Vielleicht finden wir Hinweise auf Helene Rosenhain. Aber wir haben ja auch alle Unterlagen mit den Adressen und Namen von damals. Die können wir uns nach und nach vornehmen. Da wird sich zwar in den letzten vierzig Jahren einiges getan haben, aber vielleicht auch nicht.« Marie sah Kim auffordernd an. »Der andere Fall ist dringender.«
Kim holte die Plastiktüte mit der Münze heraus. »Ich konnte tatsächlich einen Fingerabdruck abnehmen, der fast vollstän-

dig ist. Mal sehen, ob wir den brauchen können. Ich habe ihn mit Tesafilm auf ein Blatt übertragen.« Sie schaltete das Tablet ein. »Was ich gestern allerdings nicht mehr geschafft habe, ist nachzusehen, was es mit dieser Burg Sonnentau auf sich hat. Aber das können wir ja jetzt machen.« Sie gab den Namen der Burg in die Suchmaschine ein. »Huch, was ist das denn?« Kim gab das Tablet an Franzi weiter. »Hast du den Begriff LARP schon einmal gehört?« Franzi schüttelte den Kopf.

»Sagt mir auch nichts«, meinte Marie.

Franzi klickte sich weiter und Marie und Kim setzten sich hinter sie, sodass sie das Display einsehen konnten.

»Live Action Role Playing, kurz LARP«, murmelte Franzi. »Da verkleiden sich Leute und tauchen für eine ganze Zeit in die Vergangenheit oder in eine Fantasiewelt ein. Und spielen eine Rolle, die sie sich vorher ausgedacht haben. Hier gibt es ganz viele Bilder von einer Convention.«

»Convention?« Kim zog die Augenbraue nach oben. »Was ist denn das nun wieder?«

»So werden die Treffen genannt. Ein Spiel kann ein Wochenende oder sogar eine ganze Woche dauern – zumindest, wenn ich das hier richtig verstanden habe«, erklärte Franzi.

»Und was hat jetzt die Burg Sonnentau damit zu tun? Klick da drauf!« Marie deutete auf ein Icon.

»Dort finden diese Conventions statt. Ahhh, das ist ja interessant. Ratet mal, welches Thema nächstes Wochenende auf Burg Sonnentau gelarpt wird?«, fragte Franzi und guckte so triumphierend, als hätte sie gerade allein und aus dem Stegreif den Fall gelöst. »Elena Grande lädt zur großen Zwanziger- und Dreißigerjahre-Convention ein! Das passt zusammen. Derjenige, der die Kiste mit den Kostümen mitgenommen hat, hat auch die Münze verloren.«

»Und den Fingerabdruck hinterlassen«, ergänzte Marie.

»Und ist ziemlich sicher am nächsten Wochenende auf Burg Sonnentau zu finden. Wir müssen also nur dahin. Franzi, kannst du nachgucken, ob das weit weg ist?«, bat Kim.

»Klar.« Franzi klickte weiter und schüttelte den Kopf. »Eine halbe Stunde mit dem Auto vielleicht. Das sollten wir irgendwie hinbekommen.«

Kim hatte sich einen Vergrößerungsspiegel auf den Schreibtisch gestellt und betrachtete ihr Gesicht. Dann schraubte sie das kleine Fläschchen mit dem Lipgloss auf, das sie von Marie bekommen hatte, und trug die glänze Flüssigkeit mit einem Pinsel auf die Lippen. Zartrosa.

Ob David ihre Lippen so besser gefielen? Sie machte einen Kussmund, schmatzte und musste lachen. Es sah ungewohnt aus, aber auch irgendwie geheimnisvoll. Sie konnte es doch mal versuchen. Nach der Vorspeise würde der Glitzer ja sowieso eher an der Gabel als an ihrem Mund hängen.

Sie klippte sich ihre neue Haarspange in die kurzen braunen Haare, zog eine frische Jeans und ihr Lieblings-T-Shirt an und war fertig. Fertig für Davids Einladung zum romantischen Candle-Light-Dinner!

»Bis später!«, rief sie ins Wohnzimmer. Ihre Mutter saß am

Küchentisch und arbeitete und ihr Vater zeichnete einen neuen Kuckucksuhren-Entwurf. Kuckucke kamen allerdings nur noch selten aus dem Häuschen. Herr Jülich hatte sich darauf spezialisiert, die Uhren individuell zu gestalten. Für einen Maurer hatte er gerade eine Uhr fertiggestellt, bei der zu jeder vollen Stunde Stein auf Stein gestellt wurde, bis an Mitternacht ein fertiges Häuschen stand. Unnötig zu sagen, dass es danach wieder einstürzte und das Spiel um ein Uhr nachts von Neuem begann.
Lukas und Ben rasten aus der Küchentür, jeder ein Käsebrot in der Hand. Als Lukas Kim sah, blieb er abrupt stehen und starrte sie an. »Wie siehst du denn aus?«
»Das geht dich gar nichts an«, pampte Kim ihn an.
»Wieso bist du denn wütend? Ich finde dich glitzernd sehr schön. Du siehst aus wie aus wie die Fee aus der Werbung!«
»Oh, danke!« Kim wurde rot. Sie schämte sich. Aber wer konnte schon damit rechnen, dass ihr Bruder ausnahmsweise mal etwas Nettes sagen würde?
»Kannst du das jetzt immer draufschmieren?«, fragte Ben. »Dann können wir mit dir vor unseren Freunden angeben.«
Kim lächelte. »Mal sehen«, sagte sie.

David öffnete die Tür und sah Kim von oben bis unten an. »Du siehst sehr hübsch aus!«, sagte er.
»Also so langsam glaube ich, Marie hat doch recht mit ihrem ganzen Geschminke. Das ist jetzt das dritte Kompliment innerhalb von zehn Minuten. Und ich kann nicht sagen, dass das kein schönes Gefühl ist.«

David umarmte sie fest. »Komm rein. Das vierte Kompliment sollst du nämlich erst am Tisch bekommen!«

In der ganzen Wohnung roch es lecker nach frischem Brot und Kräutern. »Wie das duftet! Ich hab richtigen Kohldampf«, stellte sie fest. Seit dem Kirschkuchen heute am frühen Nachmittag hatte sie nichts mehr gegessen.

David nahm ihre Hand und führte sie ins Wohnzimmer. Auf dem Boden lagen bunte Konfettiherzen und auf dem Tisch stand ein Kerzenleuchter mit zwei brennenden Kerzen.

Die Stoffservietten waren ebenfalls in Herzform gefaltet und aus der Box tönten leise die *Boyzzzz* mit dem Schmusesong des letzten Albums: *Can't get enough of you.*

»Leider, leider geht das vierte Kompliment an dich!«, seufzte Kim gerührt. »Das sieht alles unglaublich aus. Danke!«

Davids Augen leuchteten auf. »Gefällt es dir?«, fragte er. »Ich war mir nicht sicher, ob es zu kitschig ist. Aber Adele hat gesagt –«

»Es ist perfekt«, unterbrach ihn Kim. »Einfach nur perfekt.« Sie drehte sich zu ihm und sah ihn an.

David küsste sie zart auf den Mund. »Setz dich. Ich hole die Vorspeise.«

Eine Minute später stand ein dampfender Teller mit Blätterteig-Lachsröllchen auf dem Tisch. Dazu gab es Rucola-Salat mit Himbeerdressing. David schenkte Mineralwasser in Weingläser, die mit einer Scheibe Limette und zwei Himbeeren garniert waren, und sie stießen klirrend an.

»Auf uns!«, sagte David feierlich. »Mit dir vergeht die Zeit

wie im Flug und doch kann ich mich an jede einzelne Sekunde erinnern. Mit dir kann ich kriminell gut schreiben, wo ich vorher immer nur fantastisch schreiben konnte. Du bist einfach so toll und ich möchte immer, immer mit dir zusammen sein.«
Obwohl Kim unbedingt etwas sagen wollte, war ihr Hals wie zugeschnürt. »Geht mir auch so«, brachte sie irgendwann mit belegter Stimme hervor. Dann steckte sie sich vor lauter Verlegenheit das ganze Blätterteigteilchen auf einmal in den Mund.
David machte große Augen, als Kim mit dicken Backen kaute. Dann grinste er. »Schmeckt's?«
Kim konnte nur nicken und musste auch lachen. Sie hielt sich die Hand vor den Mund und hatte alle Mühe, das Essen herunterzuschlucken, bevor der Lachanfall so richtig losging.
David holte sein Handy heraus und machte einen Schnappschuss. »Das kommt zu unserem Hals-über-Kopf-Bild.«
»Neeeeeiiiiiin«, jaulte Kim. »Gib mir dein Handy, damit ich das löschen kann!«
»Oh nein!« David versteckte das Telefon hinter seinem Rücken. »Nie im Leben.«
Kim stand auf und kitzelte ihn. »Ich habe ein Recht auf mein eigenes Bild«, sagte sie streng. »Los, los, los, her damit!« Sie schnappte sich das Handy und lief damit zum Sofa. Eigentlich wollte sie nur das Mampfbild löschen. Eigentlich. Aber dann fiel ihr Blick auf etwas ganz anderes. Sie erstarrte. Das konnte doch einfach nicht wahr sein. Nicht nach allem, was David heute Abend für sie getan hatte und was er ihr gesagt hatte!

Foto-Hate-Story

Aber es war eindeutig. Der Junge auf dem Bild war David und er war nicht allein. Ein wunderschönes Mädchen umarmte ihn innig von hinten und er machte nicht den Eindruck, dass er sehr darunter litt.

Kim sah genauer hin. Sie kannte das Mädchen von einer Party. David hatte sie ihm vorgestellt. Viola aus der Parallelklasse! Die schöne Viola!

Langsam ließ sie das Handy sinken.

»Kim?« David sah erschrocken aus. »Geht es dir nicht gut? Was ist denn passiert?«

»Viola ist passiert«, zischte Kim wütend. »Mit der kannst du ja auch anständige Pärchen-Pics machen, wie ich sehe. Die ist nicht so ein Tollpatsch wie ich.«

»Viola? Ach so!« David winkte ab und sein Gesicht entspannte sich wieder. »Da musst du dir keine Sorgen machen.«

»Ich mache mir aber Sorgen, wenn ich Fotos sehe, auf denen du in den Armen des schönsten Mädchens der Welt liegst!«, entgegnete Kim.

»Das wollte ich dir sowieso gleich erzählen, also mache ich es jetzt: Ich habe mich im Auftrag meiner Mutter mit Viola getroffen –«
»Ach, die will wohl auch, dass Viola deine Freundin wird?«
»Kim, jetzt beruhig dich.« David legte die Hand auf ihren Arm. »Meine Mutter hat einen Auftrag für eine Foto-Love-Story. Du weißt schon, diese Fotostrecken mit Geschichte, die immer in der *Bravissimo* sind. Und Viola hat da schon öfter mitgemacht. Der Junge, der dabei sein sollte, ist krank geworden. Und ich bin eingesprungen. Es macht Spaß und ich helfe meiner Mutter damit. Es gibt keine heimliche Liebe, und schon gar nicht mit Viola. Ich finde die nicht mal besonders hübsch!«
Kim blies sich eine braune Strähne aus der Stirn. »Das glaubst du doch wohl selber nicht. Viola ist ... ist ... bildschön. Neben der sieht Marie aus wie eine graue Maus. Und wenn du weiter solche Fotos mit dieser Viola machst, wirst du dich bestimmt und ganz, ganz sicher in sie verlieben.«
»Kim, hast du eigentlich gehört, was ich vorhin gesagt habe? Ich bin in dich verliebt, und zwar von Kopf bis Fuß. Ganz und gar. Für immer und ewig. Viola sieht vielleicht nett aus, aber an dir mag ich einfach alles.«
»Dann sag diese Love-Story ab«, forderte Kim.
»Aber es macht mir Spaß und ich helfe meiner Mutter damit. Ich *möchte* da gerne mitmachen«, entgegnete David. »Vertrau mir einfach.«
In Kims Kopf ging plötzlich alles durcheinander. Bilder von David, auf denen er glücklich mit Viola auf der Wiese im Jako-

biparkherumtollte und perfekte Fotos schoss. David, wie er ihr noch vor zehn Minuten in die Augen gesehen hatte. Wie sie sich beim gemeinsamen Buchprojekt erst gezofft und dann irgendwann überglücklich die ersten fertigen Kapitel ausgedruckt hatten. Goldpunkteaugen. Davidlächeln. Und immer wieder Viola.

Noch gestern hatte sie nicht verstehen können, dass Iris so eifersüchtig auf Helene Rosenhain reagiert hatte. Und heute spürte sie selbst die Eifersucht, die wie ein Eiszapfen ihren Körper durchdrang. Kalt und irgendwie lähmend.

Ein Teil in ihr wünschte sich nichts mehr, als jetzt einfach über die dumme Situation zu lachen, David in den Arm zu nehmen und dann gemeinsam das Hauptgericht zu essen. Doch der andere Teil konnte vor Enttäuschung und Wut gar nicht sprechen und *wollte* David so wehtun, wie er ihr wehgetan hatte.

»Ich finde, du verhältst dich ganz schön doof!«, sagte David. »Jetzt krieg dich mal wieder ein!«

WUMMS! Das saß. Und in diesem Augenblick gewann in Kim der zweite Teil. Sie funkelte David an, sprang auf und raffte ihren Rucksack und den restlichen Kram zusammen.

»Du ... du ... kapierst überhaupt nichts«, schrie sie und kniff ihre Lippen zusammen. »Werde doch glücklich mit dieser Viola-Kuh!«

Sie stürmte aus dem Zimmer und schmiss die Wohnungstür der Lindemanns mit einem lauten Knall zu.

»Kim!«, hörte sie David noch leise rufen.

Doch sie drehte sich nicht mal mehr um.

Geheimes Tagebuch von Kim Jülich

Sonntag, 20:34 Uhr

Geht weg! Geht einfach alle weg. Ich kann für nichts garantieren. Ich beiße, kratze und haue. Und wer mitliest, den beiße, kratze und haue ich einfach nur noch doller!!!!

AHHHHHHHHH! Es ist so ungerecht! Ich bin so traurig und wütend und enttäuscht! Ich will einfach nur mit David zusammen sein, und jetzt das!

Ich würde niemals mit irgendwelchen gut aussehenden Jungen Foto-Love-Storys machen. Weil das weiß doch jedes Kind: Wenn man viel Zeit miteinander verbringt und sich körperlich nahe kommt, dann ist es überhaupt nicht unwahrscheinlich, dass man sich auch verliebt. Und warum sollte es David anders gehen? Noch dazu weiß ich, dass er diese Viola sowieso auch toll findet. Gegen die habe ich überhaupt keine Chance. Die klimpert einmal mit ihren langen Wimpern und WUSCH! wollen Davids goldgesprenkelte Augen nur noch sie ansehen.

Und dabei bin ich doch glücklich mit ihm. Wir können über alles reden, wir schreiben beide gerne Geschichten, wir gehen gerne spazieren, mögen das gleiche Essen und die gleiche Musik. Perfekt ... eigentlich. Wir haben sogar das gleiche Kleine-nervige-Geschwister-Problem! Menno! Warum muss das jetzt so kompliziert werden?

Oder bin nur ich so kompliziert? Ich dachte immer, ich wäre überhaupt nicht eifersüchtig. Dafür ist ja eigentlich Marie zuständig ... Plötzlich verstehe ich sie besser, als mir lieb ist.

Ich schaffe es nicht, in Ruhe darüber nachzudenken. Obwohl das meine Detektivinnenstärke ist, Ruhe und Vernunft in jede noch so brenzlige Situation zu bekommen, versinkt gerade alles in einem Eifersuchts- und Herzschmerzstrudel. MistMistMist.

Ich versuche, mit dem Detektivtagebuch weiterzumachen. Vielleicht kann ich danach wieder klarer denken ...

Detektivtagebuch von Kim Jülich
Sonntag, 21:04 Uhr

Wir haben es wieder nicht geschafft. Obwohl wir versprochen hatten, mehr Zeit für unsere Freunde und auch ein bisschen mehr Zeit für unsere Hausaufgaben zu haben. Aber Fallfreiheit gibt es für uns einfach nicht. Am Wochenende haben wir sogar zwei Fälle angenommen. Gut, es sind eher zwei halbe und der eine ist schon sehr alt. Kommissar Peters (der übrigens eine tolle neue Kollegin hat: Elif Aslan. Und ich glaube, er findet sie auch ganz toll!) hat am Tag der offenen Polizeitür ein paar ungelöste Fälle vorgestellt, von denen uns einer besonders gefesselt hat. Eine Raubserie, bei der ausschließlich Schmuck gestohlen wurde und der Täter als Erkennungszeichen stets einen roten Herzluftballon hinterlassen hat. Wir haben die Unterlagen abfotografiert (heimlich ...) und wollen mal sehen, ob wir nicht etwas herausbekommen. Eine Sache ist uns tatsächlich schon aufgefallen: In drei der Wohnungen, in die eingebrochen worden ist, hing ein Foto, das Davids Opa Rainer gemacht hat. Er war in den Siebzigerjahren sehr bekannt für seine Porträtaufnahmen von berühmten Persönlichkeiten. Es ist also nicht unwahrscheinlich, dass sich einige Leute in der Stadt ein Foto von ihm aufgehängt haben, aber die Häufung ist trotzdem merkwürdig. Dazu kommt noch, dass sein Lieblingsmotiv Helene Rosenhain war – eine Chansonsängerin. Und deren Markenzeichen auf der Bühne waren auch Herzluftballons. Ich wittere einen Zusammenhang – greifen kann ich ihn aber noch nicht. Und befragen können wir Frau Rosenhain leider nicht. Sie ist seit vierzig Jahren spurlos verschwunden.
Der zweite Fall ist nicht so rätselhaft und ist auch ganz aktuell. Iris, Opa Rainers neue Freundin, hat die Kostüme des Fotostudios aus Versehen als Sperrmüll auf die Straße gestellt.
Und wir alle haben es nicht schnell genug bemerkt. Die wertvollste Kiste, die mit den Original-Kleidern aus den Zwanziger- und Dreißigerjahren, war dann verschwunden.

Davids Mutter war ganz schön entsetzt. Die Klamotten sind wohl wirklich wertvoll. Also haben wir versprochen zu ermitteln. Ich habe am Tatort eine Münze gefunden, die auf eine Art Rollenspiel-Verkleidungsfest hinweist. Bestimmt tauchen dort die Kostüme wieder auf. Nur wie **wir** dort auftauchen sollen, müssen wir noch klären. Burg Sonnentau, wo das Fest stattfindet, liegt eine halbe Autostunde entfernt. Und einen Zug oder einen Bus dorthin gibt es leider nicht.

Geheimes Tagebuch von Kim Jülich
Sonntag, 21:55 Uhr

Das, was ich nun schreibe, ist für niemanden bestimmt außer für mich. Wer das missachtet, der muss eine Woche in der Küche von Frau Winkler sitzen und darf kein Stück Kuchen essen. Haha! Die Rache ist mein!

Fragen:
Warum kocht David so lieb für mich?
Warum sagt er mir so nette Sachen?
Warum will er unbedingt bei dieser Foto-Love-Story mitmachen?
Warum respektiert er meinen Wunsch nicht, dass ich das nicht möchte?
Warum sagt er, meine Eifersucht ist doof?
Findet er Viola wirklich nicht besonders hübsch?
Mag David mich so sehr wie ich ihn?

Antworten:
???????
???????
...

Ankunft auf Burg Sonnentau

Kims Telefon klingelte. Sie atmete erleichtert auf. Das war nicht Davids Signalton. Also musste sie auch nicht entscheiden, ob sie ranging oder nicht.
Es war Marie.
»Hi, was gibt's?«
»Ich bin gerade im Fotostudio und streiche mit Franzi die Wand hellgrün. Kommst du auch?«
»Ist David da?«
»Nee, der musste weg. Mit seiner Mutter. Ist irgendein Job für eine Zeitschrift.«
Ja, für die *Bravissimo*, dachte Kim bitter. Mit Viola ...
»Bist du immer noch sauer auf ihn?«, fragte Marie erstaunt. »Das passt überhaupt nicht zu dir. Du bist sonst in Liebesdingen doch eher die coole Socke.«
»Hm«, brummte Kim nur. »Also wenn ihr alleine seid, dann komme ich helfen. Es muss vorangehen. Ist ja schon Mittwoch!«
»Du sagst es. Bis gleich!«
»Bis gleich!«

Kim legte auf und zog sich ihre ältesten Klamotten an. Davids Mutter konnte ja nichts dafür, dass sie sich mit David gezofft hatte. Trotzdem war sie vorgestern und gestern nicht zum Helfen ins Fotostudio gekommen. Sie hatte einfach zu sehr Bammel gehabt, David in die Arme zu laufen. Das wollte sie unter allen Umständen vermeiden.
Franzi und Marie hatten zwar nicht besonders viel Verständnis für sie gezeigt, als sie ihnen erzählt hatte, was beim Candle-Light-Dinner passiert war, aber das war ihr egal. Sie war sauer und sie war wütend. Und sie wollte David nicht sehen! Basta.

»Hier! Kannst gleich die Wand übernehmen!« Franzi hatte eine bekleckste Latzhose an und einen großen Hut aus Zeitungspapier auf dem Kopf. Sie reichte Kim eine Malerrolle und einen Eimer mit lindgrüner Farbe.
»Der Verkaufsraum sieht aus wie ein Frühlingswald. Das ist richtig gut geworden!«, meinte Kim anerkennend.
»Vielleicht schaltet dein Hirn dann ja auch von Krawall auf Frühlingsgefühle um!« Marie kicherte.
»Dass ihr mich nicht versteht, ist eine Sache«, antwortete Kim ernst. »Aber ich möchte einfach nicht darüber reden, klaro?«
»Ist ja schon gut. Man wird doch seiner besten Freundin mal sagen dürfen, dass sie sich stur wie Oma Agnes' Esel benimmt. Dafür sind wir schließlich da!«
Kim reagierte gar nicht. Sie nahm die Farbrolle und begann zu streichen.

»Meine Eltern können uns nicht zur Burg Sonnentau fahren«, meinte sie nach einer Weile. »Ich habe gestern gefragt. Am Samstag sind sie unterwegs.«
Marie nickte. »Das Gleiche bei mir. Leider.«
»Und unser Auto ist mal wieder kaputt.« Franzi zuckte mit den Schultern. Der alte Kombi der Familie machte öfter schlapp. Trotzdem brachte es niemand übers Herz, den alten Familienwagen zu verschrotten.
»Wo müsst ihr denn hin?« Opa Rainer stand plötzlich im Raum. Bewaffnet mit einem Akkuschrauber und ein paar Handtuchhaken.
»Es geht um die Kostüme von Ihrer Tochter«, erklärte Kim. »Wir vermuten, dass jemand sie mitgenommen hat, der am Wochenende auf Burg Sonnentau auf einer Art Kostümfest ist. Wir haben bereits Fotos der verschwundenen Sachen von Ihrer Tochter bekommen, aber sie selber hat am Samstag auch keine Zeit, uns hinzufahren.«
»Und ich? Warum fragt mich eigentlich niemand?« Er richtete den Akkuschrauber in die Luft und ließ ihn kurz aufheulen. »Ich habe ein Auto und ich habe Zeit. Und außerdem bin ich vielleicht sogar ein klitzekleines bisschen mit schuld daran, dass die Kostüme verschwunden sind.«
Die drei !!! sahen sich an und nickten.
»Ja, gerne. Wenn es Ihnen nichts ausmacht, dann stehen wir am Samstag um zehn vor dem Fotostudio!«, sagte Kim.
Opa Rainer grinste. »Drei berühmte Detektivinnen in meinem Auto. Ich wüsste nicht, was mir lieber wäre.«

Kim hatte die Kontaktsperre zwischen David und sich bis Samstag erfolgreich aufrechterhalten. David hatte mehrere SMS geschrieben, doch sie hatte nicht geantwortet. Sie versuchte, die Sache zu verdrängen und sich auf die Schule zu konzentrieren. Aber ihre Gedanken schweiften immer wieder zum Sonntagabend. Nein, nein und nochmals nein. Sie hatte richtig gehandelt und sie würde wieder so handeln. Warum hatte David ihre Bedenken nicht verstanden und sich so egoistisch benommen?

Sie fuhren an einem kleinen Waldstück vorbei. Die Laubbäume hatten nicht mehr das zarte Grün des Frühlings, aber es gab auch noch keine verfärbten Herbstblätter. Anfang August hatte Kim immer das Gefühl, die Welt würde für einen kurzen Moment in der Hitze stillstehen. Einmal kurz Luft holen, bevor die Natur sich ab September langsam wieder zurückzog.

Opa Rainer fuhr nicht schnell und so hatte sie genug Zeit, ihren Gedanken nachzuhängen. Franzi und Marie plauderten über die neuen Lehrer, die sie in diesem Schuljahr bekommen hatten. Opa Rainer pfiff fröhlich zu einem Schlager, der gerade im Radio lief.

»Da vorne müssen wir abbiegen«, sagte Franzi plötzlich. Sie deutete auf ein braunes Verkehrsschild, auf dem *Schloss Sonnentau 5 km* stand.

»Und ihr seid euch sicher, dass ihr euch unter diese Rollenspieler mischen wollt?«, fragte Opa Rainer.

»Keine Angst. Sie müssen sich nicht verkleiden! Sie dürfen wieder nach Hause fahren und uns morgen früh abholen.«

Kim lachte. »Aber wir kriegen sicher schneller heraus, wer die Kostüme hat, wenn wir mittendrin sind und so tun, als wären wir zum ersten Mal bei einer Convention.«

Opa Rainer nickte erleichtert. »Ich hab sowieso nicht ganz verstanden, was es mit diesem In-Time und Out-Time auf sich hat.«

»Eigentlich ist es ganz leicht«, erklärte Marie. »Das Thema der Con auf Burg Sonnentau ist *Leben und tanzen in den Zwanzigerjahren*. Die Rollenspieler, die gestern angereist sind, interessieren sich alle für diese Zeit. Für die Musik und die Kultur, das damalige freie Lebensgefühl und für die Mode. Dann suchen sie sich einen Charakter, den sie darstellen wollen. Wir drei haben uns entschieden, drei ältere, vornehme Damen zu spielen, die einen Detektivclub gegründet haben. Wie nennen uns: *Die drei Rohdiamanten*. Wir werden allen ganz genau auf die Finger sehen und behaupten, dass wir schon viele Fälle erfolgreich gelöst haben.«

»Haben wir doch auch – das müssen wir gar nicht spielen!«, meinte Franzi.

»Allerdings nicht als die *Rohdiamanten*«, wandte Marie ein und kicherte. »Aber es sind die besten Rollen, wenn wir in Ruhe nach den Kostümen forschen wollen. So können wir alle befragen, ohne dauernd erklären zu müssen, warum wir das tun. Und dann sind wir In-Time, also ganz in unseren Rollen. Und wenn wir wieder die drei !!! sein wollen, müssen wir nur unsere Arme verschränken. Dann weiß jeder, dass wir gerade nicht in der Vergangenheit sind. Das heißt dann Out-Time.«

»Verstanden!« Opa Rainer zwinkerte Marie im Rückspiegel zu. »Und woher bekommt ihr eure Kostüme?«
»Ich habe gestern mit Elena Grande, der Veranstalterin, telefoniert. Sie weiß, dass wir erst heute kommen, und bei ihr können wir uns auch die Kostüme ausleihen. Wir treffen sie übrigens gleich im Schlosshof.«

Als sie über eine steinerne Brücke in den Schlosshof fuhren, konnte Kim erst einmal niemanden entdecken. Allerdings versperrten ihr die vielen Bäume und Springbrunnen auch die Sicht.
Opa Rainer parkte und ließ die drei !!! aussteigen.
»Danke fürs Herbringen«, sagte Kim und reichte ihm die Hand.
Doch Opa Rainer hob abwehrend die Hand. »Ich lasse euch hier nicht einfach so stehen. Ich will diese Elena Grande sehen und wissen, dass ihr bis morgen in guten Händen seid. Das habe ich euren Eltern versprochen und außerdem kann ich sonst nicht ruhig schlafen.«
Kim war erleichtert. Dies war kein Detektiveinsatz wie jeder andere. Sie spielte nicht so gerne Theater, und sich zu verkleiden, mochte sie auch nicht.
Sie gingen auf die große eiserne Eingangstür zu. Vorbei an Beeten mit blühenden Blumen und rosenumrankten Lauben.
»Wie schön, dass ihr da seid!«
Kim sah sich um. Woher war die Stimme gekommen? Aus einer der Lauben?

»Hallo?«, rief Franzi fragend.
Opa Rainer hatte sich offensichtlich sehr erschreckt, denn er war plötzlich bleich wie die weißen Rosen, neben denen er stand.
Eine zierliche Frau in einem knielangen goldenen Fransenkleid trat zu ihnen auf den Kiesweg. Sie strahlte über das ganze Gesicht. In der rechten Hand hielt sie mit eleganter Pose eine Zigarettenspitze mit Zigarette. In der anderen eine winzige goldene Handtasche. Sie hatte blonde Haare und einen akkuraten Pagenschnitt und trug ein Stirnband mit einer Pfauenfeder.
»Ihr müsst Franzi, Kim und Marie sein«, sagte sie.
Ihre Stimme klang wir Honig und Samt gleichzeitig, fand Kim. Sie konnte sich nicht erinnern, jemals eine schönere Stimme gehört zu haben.
Als Elena Grande Opa Rainer sah, stutzte sie. Kim hatte sogar einen Moment lang das Gefühl, dass sie ihre Rolle vergaß. Doch nach einem kurzen Augenblick hatte sie sich wieder unter Kontrolle und reichte Opa Rainer die Hand zum Handkuss.
Der starrte sie weiter an und rührte sich erst einmal gar nicht.
»Mädels, hier ist jemand aber nicht mit den Gepflogenheiten der Vergangenheit vertraut«, säuselte Elena Grande. »Wollt ihr mir euren … äh, Großvater … nicht vorstellen?«
Nun kam wieder Leben in Opa Rainer. Er hüstelte und verbeugte sich. »Lindemann«, sagte er. »Rainer Lindemann.« Dann nahm er Elena Grandes Hand und hauchte einen Kuss darauf.
Er sah Kim, Franzi und Marie an. »Ich übergebe Ihnen hiermit

die drei Rohdiamanten für Ihre Tanzveranstaltung. Und ich werde die Damen morgen früh wieder abholen.«

»Sehr schön«, sagte Elena Grande. »Dann werden wir mal hineingehen und sehen, was mein Kleiderschrank für euch zu bieten hat. Die wichtigsten LARP-Regeln kennt ihr ja, aber wenn man Neuling ist, so wie ihr, gibt es einige Fettnäpfchen, in die man nicht treten sollte.«

Die drei !!! verabschiedeten sich von Opa Rainer, der zwar seinen ersten Schreck überwunden hatte, aber nun ziemlich abwesend wirkte.

»Alles in Ordnung?«, fragte Kim ihn leise.

Opa Rainer nickte. »Alles ist in bester Ordnung. Möglicherweise sogar in allerbester.«

Schwingt die Beine

Kim setzte sich auf das Sofa in Elena Grandes Zimmer. Sie hatte ein mintgrünes Samtkleid und glitzernde Schuhe mit einem Mini-Absatz an. Darauf würde sie sich zumindest bewegen können. Auf den hohen Hacken, die ihr Elena zuerst gegeben hatte, hätte sie ihre ganze Konzentration aufwenden müssen, um nicht hinzufallen. An Befragungen und Beobachtungen wäre nicht zu denken gewesen.
Anders Marie. Sie stolzierte auf roten Pumps herum, die ganz wunderbar zu ihrem schillernden roten Paillettenkleid passten. Und Franzi trug einen Nadelstreifen-Hosenanzug mit Herrenschuhen.
Elena hatte ihnen noch ein paar graue Strähnen in die Haare gesprüht und sie mit dunklen Schatten und Stirnfalten älter geschminkt. Als sie nun nebeneinander vor dem Spiegel standen, hätte jeder sie – zumindest bei dunkler Beleuchtung – auf Mitte fünfzig geschätzt.
»Ich habe noch eine Überraschung«, meinte Marie und zog ein silbernes Etui aus dem Rucksack. »Ich habe uns neue Visi-

tenkarten gemacht. Papa wollte sowieso gestern Abend seinen neuen Drucker ausprobieren, und voilà: Hier sind sie.«
Stolz zeigte sie den kleinen Stapel Karten.

Und dann noch eine kurze Fantasietelefonnummer.
»Kimberley von und zu Jülich?«, kicherte Kim.
»Jolante? Woher wusstest du von meinem geheimen zweiten Namen?« Franzi rümpfte die Nase.
»Das verrate ich nicht. Habe ich versprochen«, meinte Marie.
»Ich finde die Namen gut«, überlegte Kim. »Sie passen zu drei Detektivdamen, klingen aber nicht so fremd, dass wir nicht reagieren, wenn uns jemand anspricht. Prima, Marie. Äh, ich meine, Maria Seidenmann!«
Auch Elena Grande nickte. »Ich zeige euch jetzt euer Zimmer. Bitte lasst alles, was es damals noch nicht gegeben hat, dort. Zum Beispiel Handys, Digitaluhren und Nylonrucksäcke, na ja, ihr wisst schon. Ich werde mich jetzt für meinen Auftritt im Tanzsaal vorbereiten. Wir sehen uns später! Oder besser ge-

sagt: Wir lernen uns kennen. Ich bin dann Rosa Rosaletti und ihr die drei Rohdiamanten.« Sie lächelte.

»Das ist ganz schön aufregend«, meinte Franzi, als sie ihr Zimmer betraten. »Ob wir das schaffen? Nicht mal kurz als Marie, Franzi und Kim flüstern? Ich glaube, das kann ich nicht durchhalten.«

»Ich weiß was!« Marie streckte die Hand nach vorne und sagte: »Die drei !!!. Eins! – Heute mische ich unter die immerwährende Freundinnenenergie einen Schuss Schauspielergeist. Und dann wuppen wir die Sache!«

Franzi nickte und legte die Hand auf Maries. »Zwei!«

Kim war die Dritte. »Drei!«

»Power!!!«, riefen alle und warfen die Arme nach oben.

Kim durchströmte ein warmes und glückliches Gefühl. Mit Marie und Franzi an ihrer Seite konnte sie es wagen, auch mal Sachen zu machen, die ihr eigentlich unangenehm waren. So wie schauspielern. Oder ein Kleid anziehen.

»Also, lasst es uns noch einmal durchgehen: Wir sind drei unverheiratete Freundinnen, die erst nur in einer Wohngemeinschaft zusammengelebt haben und dann im Laufe der Jahre aus Langeweile einen exklusiven Detektivclub gegründet haben. Die Damen aus der feinen Gesellschaft vertrauen uns beinahe mehr als der Polizei, weil wir ungewöhnliche Methoden einsetzen, um die Fälle zu lösen. Gerade haben wir einen Schmugglerring ausgehoben und waren groß in allen Zeitungen. Reicht das an Biografie?«

»Ich kann sehr schnell und sehr gut Auto fahren«, schlug Franzi vor. »Schließlich gab es da noch keine Skates.«
»Und ich bin sehr reich, sehr spendabel und habe einen Hang zum Theater«, meinte Marie.
»Und ich kenne alle Detektivromane der damaligen Zeit. Besonders natürlich Agatha Christie«, ergänzte Kim.
»Also eigentlich alles so wie immer. Den Charleston-Grundschritt habe ich euch beigebracht.« Marie sah zufrieden in die Runde. »Auf ins Getümmel, meine ältlichen Damen!«

Die lustigen Swing-Rhythmen der Tanzkapelle gefielen Kim. Plötzlich konnte sie sich vorstellen, wie ausgelassen und fröhlich die Veranstaltungen in dieser Zeit gewesen sein mussten. Man konnte ja gar nicht anders, als mit den Beinen und Füßen mitzuwackeln. Es war keine bewusste Entscheidung. Die Beine taten es von ganz alleine.
Als sie die Tür zum Saal öffneten, drang ein dicker Schwall Zigarettenrauch heraus. Kim hustete. Das hatte sie gar nicht bedacht. Damals gab es selbstverständlich kein Rauchverbot in geschlossenen Räumen.
»Und bei dieser Luft kann Rosa Rosaletti singen?«, fragte Kim. »Die ist ja beißend.«
»War eben früher doch nicht alles besser«, antwortete Franzi.
Sie querten vorsichtig die Tanzfläche, auf der sich die Tänzerinnen und Tänzer tummelten. Die einen wirklich gekonnt, die anderen erinnerten eher an kaputte Marionetten, die jemand trotzdem an den Fäden herumspringen ließ.

»Nicht so schnell«, ermahnte Kim Franzi, die leichtfüßig vorneweg lief. »Du bist Mitte sechzig, Franziska Jolante, vergiss das nicht. Nachher muss ich dich wieder stundenlang mit Franzbranntwein einreiben!«
Franzi guckte schuldbewusst, stemmte die Hand in die Hüfte und stöhnte leise. »Hast recht, mit meinem Ischias ist nicht zu spaßen.«
Sie steuerte auf eine Polstersitzgruppe in der Nähe der Bühne zu. Dort hatte sie drei freie Plätze erspäht.
Kim und Franzi setzten sich, doch von Marie keine Spur. »Wo ist denn Maria?«, fragte Franzi.
Kim sah sich um. Maries rotes Kleid konnte doch nicht so einfach verschwinden. Da, etwas blitzte durch die Beine der anderen Tänzer. Tatsächlich. Marie war bereits aufgefordert worden, hatte die Arme in der Luft und tanzte ausgelassen.
»Typisch Frau Seidenmann!«, stöhnte Franzi. »Kimberley, wir ermitteln erst einmal. Gib mir bitte meine Brille!«
»Ist hier noch frei?« Eine elegante junge Frau war zu Kim und Franzi getreten und deutete auf Maries Sessel.
Kim nickte. Sie rechnete nicht damit, dass Marie in der nächsten Stunde von der Tanzfläche zu bringen war.
»Danke!«, sagte die Frau und nippte an ihrem Cocktail. »Eine herrliche Abwechslung. Immer nur am Strand herumzuliegen und in die Sommerfrische zu fahren, ist auch kein Vergnügen. Ich bin der festen Überzeugung: Zu viel Ruhe ist schädlich. Und man lernt nur Langeweiler kennen. Mein Zukünftiger soll tanzen können – und das kann ich nur beurteilen, wenn

ich ihn auch tanzen sehe.« Die junge Frau lachte und streckte Kim und Franzi die behandschuhte Hand hin. »Constanze von Hochmut. Sehr erfreut!«

»Kimberley Jolante von und zu Jülich und Franziska Kuchenmacher«, stellte Kim sie vor.

»Ich heiße doch Jolante«, zischelte Franzi leise. »Na, egal.«

»Ups«, flüsterte Kim. Dann tätschelte sie die Hand der jungen Frau.

»Ganz wie Sie wollen, junge Dame. Aber passen Sie bloß auf, dass Ihr Zukünftiger nicht zu viel tanzt. Wir hatten auch mal eher ... wie soll ich sagen? ... lebhafte Männer. Und schwupps! sind sie aus unserem Leben herausgetanzt. Jetzt sind wir alte, alleinstehende Damen und müssen uns unseren Lebensabend mit Detektivarbeit versüßen ...«

»Aber das klingt doch ganz wunderbar, Frau von und zu Jülich!« Die Augen von Constanze begannen zu strahlen. »Ermitteln Sie gerade in einem Fall? Ein Verbrechen? Verdächtige? Oh, ich brenne darauf, mehr zu erfahren!«

Kim überlegte blitzschnell. Vielleicht konnte diese Constanze ihnen wirklich weiterhelfen?

»Ist Ihnen etwas Besonderes aufgefallen? Hat jemand sich sehr verändert? Neue Kleider zum Beispiel?«, fragte Kim.

Constanze legte den Finger an die Lippen. »Hm. Ich kenne viele hier. Und mir ist auch etwas aufgefallen. Gestern Abend hatte Miriam von der Vogelaue ein neues kostbares Kleid an. Die Jahre zuvor trug sie immer ein und dasselbe. Und heute«, sie zeigte auf eine Gruppe von Männern und Frauen auf der gegenüberliegenden Seite des Raumes, zu denen sich mittlerweile auch Marie gesellt hatte, »hat sie schon wieder etwas ganz Neues an. Das kann natürlich auch Zufall sein. Aber wenn Sie so fragen …«

»Das ist genau das, was wir hören wollten!«, antwortete Kim. »Sie haben uns sehr geholfen.«

Constanze nippte erneut an ihrem Cocktail und sah sehr zufrieden aus. »Immer gerne!«

Kim und Franzi verständigten sich mit einem Blick. Diesmal allerdings querten sie nicht direkt die Tanzfläche, sondern schlängelten sich am Rand entlang.

Als sie ankamen, waren weder Marie noch diese Miriam von der Vogelaue zu sehen.

»Können Sie uns behilflich sein?«, fragte Franzi einen Herrn im Smoking und mit dicker Zigarre im Mund. »Mein Name ist Franziska Jolante Kuchenmacher und ich suche Marie … äh … Maria Seidenmann!«

»Nie gehört, tut mir leid.« Der Mann wollte sich schon abwenden. »Oder meint ihr die alte Dame im roten Kleid, die so flott tanzt?«

»Ja, genau, die meinen wir«, antwortete Franzi.

»Die ist mit ihrer neuen Freundin Miriam von der Vogelaue hinausgegangen, um sich das Näschen zu pudern. Falls das in diesem Alter noch etwas hilft!« Der Mann lachte scheppernd und zog an seiner Zigarre.

»Maria ist wohl auf der gleichen heißen Spur wie wir!«, flüsterte Franzi.

Sie gingen nach draußen. Kim atmete tief durch. An den Rauch konnte sie sich einfach nicht gewöhnen. Ein Emailleschild wies ihnen den Weg zur Damentoilette.
Franzi öffnete die Flügeltüren und vor dem Spiegel standen Marie und Miriam. Kim erkannte sofort, dass Miriam eines der Kleider aus dem Fundus von Anne Lindemann trug. Sie hatte sich alle Modelle gut eingeprägt und das gelbe mit den kleinen eingenähten Spiegeln war ein echter Hingucker. Marie und Miriam standen mit überkreuzten Armen da – das Zeichen, dass sie nicht mehr im Spiel waren – und Marie erklärte gerade, wie Elena Grande sie alt geschminkt hatte.
»Das ist echt cool«, meinte Miriam. »Ich habe da drin wirklich geglaubt, du seist mindestens fünfzig.«
Marie stellte Franzi und Kim vor und deutete dann auf Miriam. »Das ist Miriam und im echten Leben Lilli. Eigentlich ist der Fall schon gelöst. Es war wirklich so, wie wir vermutet haben. Lilli hat die Kiste nur mitgenommen, weil sie dachte, die Sachen werden weggeworfen. Sie wollte sie nicht stehlen.«
»Aber kam es dir nicht komisch vor, dass jemand so etwas Wertvolles wegwerfen will?«, fragte Kim erstaunt.
»Nicht sehr«, sagte Lilli. »Für die meisten Menschen ist das doch nur alter Plunder. Macht euch keine Sorgen. Ich bringe die Sachen am Montag auf jeden Fall zum Fotoladen zurück! Versprochen!«
Kim hob die Hand und klatschte erst Franzi und dann Marie ab. »Das war Rekordzeit. Ich bin stolz auf uns alte Schachteln.«

»Das hat richtig Spaß gemacht.« Marie gähnte und streckte die Arme nach oben. »Den ganzen Abend tanzen. Und jeder bewundert mich, dass ich das mit sechzig noch so draufhabe.« Sie kicherte.

»Es war wirklich weniger schlimm, als ich befürchtet habe«, räumte Kim ein. »Aber das lag vor allem an Elena Grande. Ich finde ihre Stimme so schön – da hätte ich ewig zuhören können.«

Sie gingen die langen Schlossgänge entlang zu ihrem Zimmer. Kim zog die Schuhe aus. Obwohl der Absatz nicht besonders hoch war, war es einfach ungewohnt, darin zu laufen. Sie freute sich auf die ausgetretenen Turnschuhe, die vor ihrem Bett standen.

Als sie am Zimmer von Elena Grande vorbeikamen, war die Tür nur angelehnt. Ein schwacher Lichtschein drang durch den Spalt. Vor der Tür lag ein Stück dünne Schnur. Wie von einem Flugdrachen. Und an der Schnur hing der Fetzen eines roten Gummis.

Kim hob die Schnur auf und betrachtete sie. »Das könnte ein Teil von einem geplatzten Luftballon sein«, meinte sie.

In diesem Augenblick fuhr ein kräftiger Windhauch durch den Flur. Die Tür zu Elenas Zimmer flog auf und den drei !!! blieb der Mund offen stehen.

»Schon wieder!«, rief Marie. »Das kann doch nicht wahr sein!«

Zurück und erkannt!

Das ganze Zimmer quoll über. Rote Herzluftballons auf dem Bett, über der Kommode, auf dem Boden, über dem Spiegel und an der Decke. So viele, dass man hindurchtauchen musste, um ins Zimmer zu gelangen.

»Das finde ich mittlerweile richtig unheimlich«, meinte Marie. »Überall, wo wir hinkommen, sind rote Herzluftballons.«

»Ich verstehe das überhaupt nicht. Die beiden Fälle haben doch nichts miteinander zu tun. Oder spinne ich?« Kim sah die anderen beiden verwirrt an.

»Also auf den ersten Blick: nichts.« Franzi kratzte sich am Kopf. Graue Sprühfarbe rieselte auf den Boden.

»Und auf den zweiten auch nichts! Wir haben hier nur nach den Kostümen gesucht. Und sie zum Glück auch gefunden.« Marie schnappte sich einen der Ballons. »Den konfisziere ich als Indiz Nummer 1b. Kim, nimmst du 1a, den Fetzen, mit?«

Kim nickte abwesend. Das konnte kein Zufall sein. Wo nur war der Gedanke, der alles miteinander verband? Es musste ihn geben. Vielleicht sollte sie eine Nacht drüber schlafen …

Der nächste Morgen begann früh. Kim wachte auf, weil sie am ganzen Körper zitterte. Verflixt. Wo war denn ihre Decke? Sie drehte sich um. Franzi lag schlafend neben ihr, eingekuschelt in zwei Decken!

»He, du Diebin«, zischte Kim und zog an der Ecke der Decke.

»Grumpf«, machte Franzi und krallte sich in den warmen Stoff. »Ich habe sie nicht gestohlen. Sie lag nur zufällig herum.«

»Nein, sie lag nicht herum. Sie lag zufällig auf mir!« Kim zerrte nun unerbittlich. »Los, sonst erfriere ich.«

Widerwillig gab Franzi die Decke frei. »Du bist grausam.«

Kim schlang die Decke um sich und ihr Körper entspannte sich sofort. So ein Schlossgemäuer war eben auch im Spätsommer kalt. Sie setzte sich auf und sah aus dem Fenster. Die Sonne war gerade aufgegangen und auf der Wiese lag feuchter Nebel. Franzi war sofort wieder eingeschlafen und Marie war gar nicht erst aufgewacht. Kim beschloss, die beiden nicht zu wecken. Sie griff nach ihrem Handy. Als sie die PIN eingegeben hatte, ploppten die Push-Benachrichtigungen auf. David, David, David, David.

Und wenn er ihr nun geschrieben hatte, dass er die Fotosache mit Viola abblasen würde? Dass er verstanden hatte, warum sie so wütend geworden war? Sie konnte nicht widerstehen und öffnete die Nachrichten.

David schrieb ihr immer wieder, wie sehr er sie mochte. Und wie gerne er den Streit beenden würde. Aber keinen Ton davon, dass er das Fotoshooting sein ließ.

Dann eben nicht. Er wollte einfach nicht verstehen, um was es ihr ging. Sie pfefferte das Handy neben sich und rutschte langsam am Betthaupt nach unten. Dann zog sie sich die Bettdecke ganz über den Kopf. Sie konnte auch ohne ihn Spaß haben! Der gestrige Abend hatte das doch bewiesen! Auch wenn sie bei jeder Schnulze, die Elena Grande alias Rosa Rosaletti gesungen hatte, an David hatte denken müssen. Ob er diese alten Lieder eigentlich schön gefunden hätte? Sie konnte es beim besten Willen nicht sagen. Aber bestimmt hatte er als kleiner Junge bei Opa Rainer oft Helene Rosenhain gehört. Deren Spezialität waren doch auch die Zwanziger- und Dreißigerjahre gewesen. Sie musste ihn unbedingt fragen ... ach nein, ging ja nicht. Kim seufzte. Und plötzlich war ihr glasklar, was die beiden Fälle verband! Natürlich! Musik aus den Zwanzigern. Möglicherweise hatten die roten Herzluftballons etwas mit dieser Zeit zu tun? Waren sie ein Symbol? Und wenn ja, für was? Das musste sie unbedingt recherchieren. Und möglicherweise brachte sie das auch in puncto *Soko Roter Luftballon* weiter?

Sie nahm sich erneut das Handy. Keine mobilen Daten. Mist. Dann musste das eben warten, bis sie wieder zu Hause waren.

Marie und Franzi wachten gleichzeitig auf. Sie rekelten sich, sahen einander an, grinsten und sagten: »Hunger!«

Nachdem sie gefrühstückt, gepackt und Elena Grande ihre Kostüme zurückgegeben hatten, gingen sie in den Schlosshof. Opa Rainer hatte an der gleichen Stelle geparkt wie gestern. Er begrüßte die Mädchen und brauchte drei Anläufe, um den Kofferraumdeckel seines Wagens aufzubekommen. Dann verstaute er ihre Taschen.

»Ich bin heute richtig schusselig«, gab er zu. »Tut mir leid. Ich habe nicht gut geschlafen.« Dabei grinste er Kim an, als wäre das das Beste, was ihm hatte passieren können.

»Ist doch nicht schlimm«, meinte Franzi. »Es gibt solche Tage. Mir hat heute jemand die Decke weggenommen.«

»Die du mir zuerst weggenommen hattest!« Kim boxte Franzi leicht an den Arm.

»Wir konnten den Fall übrigens lösen«, erzählte Franzi weiter. »Und eigentlich war es gar kein richtiger Fall. Wir mussten nur die Augen offen halten. Lilli, die die Kiste mitgenommen hatte, kommt am Montag und bringt die Sachen zurück.« Sie setzten sich ins Auto.

»Sehr schön!«, antwortete Opa Rainer. Doch aus irgendeinem Grund schien er gar nicht besonders an der Auflösung der Kistenverwechslung interessiert zu sein. Er pfiff fröhlich vor sich hin und wollte überhaupt nicht wissen, wie sie es bewerkstelligt hatten, die Sachen so schnell aufzutreiben.

»Darf ich Sie etwas fragen«, meinte Kim und beugte sich zu Opa Rainer vor. »Sie haben sich doch sicher mit den Zwanzigern ausführlich befasst. Ich meine, weil doch Helene Rosenhain Schlager aus dieser Zeit gesungen hat.«

Opa Rainer lachte. »Die Musik war für mich weniger wichtig als die Frau, aber ja, ein wenig kenne ich mich dadurch schon aus. Was willst du denn wissen?«

»Diese Herzluftballons. Waren die vielleicht nicht nur eine persönliche Vorliebe von Helene, sondern hatten in den Zwanzigern eine symbolische Bedeutung?«
Franzi und Marie sahen Kim fragend an. »Wie meinst du das?«
»Das wäre die Verbindung. Die Zwanziger. Helene Rosenhain hat die Schlager gesungen, wir waren auf einer Zwanziger-Party und überall sind die Herzluftballons.«
Opa Rainer griff an den Schaltknüppel, rührte wild damit herum und legte einen Gang ein. Der Motor heulte auf. »'tschuldigung«, presste Opa Rainer hervor. »Ich bin heute echt nicht in Form. Zu den Herzluftballons kann ich euch nichts sagen. Symbolische Bedeutung? Glaube ich eher nicht.« Dann schwieg er. Anscheinend war das Kapitel damit für ihn beendet.
»Aber irgendetwas muss es da geben!« Kim ließ nicht locker. »Können Sie sich vorstellen: Jemand hat gestern das Zimmer von Elena mit genau diesen Herzluftballons zugestopft.«
Kim sah, dass ein Schweißtropfen auf Opa Rainers Stirn entlanglief.
»Es gibt eben mehr Spinner auf der Welt, als man sich so vorstellt.« Opa Rainer trat aufs Gaspedal. »Gleich sind wir zu Hause. Anne hat für euch Erdbeersmoothies zum Dank gemacht! Mal sehen, ob auch einer für mich abfällt.«

Sie hatten sich am Montagnachmittag um drei mit Lilli im Fotostudio verabredet. Kim war allerdings gleich nach der Schule eingetroffen. Sie wusste, dass David montags bis halb sechs Unterricht hatte und sie ihm nicht begegnen würde.

Gestern war das nicht so leicht gewesen. Um ehrlich zu sein: unmöglich. Als sie im Fotostudio angekommen waren, hatte David alles schön gedeckt und die Smoothies serviert. Kim hatte ihn keines Blickes gewürdigt, ihren Smoothie heruntergestürzt und war dann eilig aufgebrochen. Und David hatte diesmal nicht versucht, sie aufzuhalten.

Nun stand sie wieder mit einer Farbrolle bewaffnet da, allerdings nicht im bereits fertig gestrichenen Verkaufsraum, sondern auf der winzigen Kundentoilette. Die sollte in einem dunklen Beerenton gestrichen werden. Im Ohr hatte sie winzige Kopfhörer. Nick von den *Boyzzzz* sang gerade *Please mend my broken heart*. Den Song hatte sie seit gestern Abend in Dauerschleife gehört. Jetzt reichte es. Sie pulte sich die Stöpsel aus dem Ohr und genoss einen Moment die Stille. Einzig das schmatzende FLAP-FLAP der mit Farbe getränkten Fellrolle war zu hören. Und noch etwas. Was war das bloß? Ein Kratzen und Schaben. Dazwischen auch mal ein dumpfer Schlag. Kam das aus dem Abwasserrohr? Wahrscheinlich nicht direkt aus dem Rohr, sondern aus dem Raum darüber oder darunter. Rohre leiteten den Schall extrem gut, das wusste Kim. Wenn bei ihnen zu Hause das Essen fertig war, brauchte man nur an das Heizungsrohr zu klopfen und im ganzen Haus war das Signal zu hören.

Sie legte die Rolle beiseite und lauschte. Nichts. Vorsichtig ging sie ein paar Schritte die Treppe nach oben, aber da war auch alles still. Sie öffnete die Kellertür. Da war etwas. Eindeutig. So leise sie konnte, schlich sie die Stufen nach unten. Ob eine Kat-

ze oder ein Marder sich nach da unten verirrt hatte und nicht mehr hinauskam?
Dämmriges Licht fiel durch die verstaubten Lichtschächte und ließ die an den Wänden stehenden Aktenschränke gespenstisch aussehen.
Doch da unten war kein Tier. Iris kniete mit einem Meißel und einem Hammer bewaffnet am Boden und klopfte und kratzte darauf herum.
»Ach, Sie sind es«, sagte Kim erleichtert.
Iris fuhr herum. »Ich … ich … wollte nur«, stammelte sie.
»Schon gut. Ich bin froh, dass ich kein Tier oder so retten muss«, meinte Kim. »Es klang nämlich oben ganz danach.«
»Ach so, nein, nein!« Iris lachte unsicher. »Kein Tier, nur ich. Ich komme auch gleich wieder nach oben.«
Kim nickte und stieg die Stufen hinauf.
Erst als sie die Farbrolle wieder in die Hand nahm, fragte sie sich, was Iris im Keller mit einem Meißel und einem Hammer gemacht hatte. Akten sortieren sicherlich nicht …
Nun ja, das sollte nicht ihre Sorge sein.

»Die beiden anderen Kleider bringe ich morgen. Die sind noch in der Reinigung!« Lilli überreichte Anne Lindemann die Kiste mit den Kostümen.
»Danke, das wäre doch nicht nötig gewesen«, meinte Davids Mutter und stellte die Kiste ab. »Komm rein, wir haben Gemüsesticks und selbst gemachte Limo hier. Für meine fleißigen Helferinnen!«

Lilli winkte den drei !!!, die gerade aus unterschiedlichen Ecken des Fotostudios kamen.

»Hey, Lilli!«, sagte Marie. »Schön, dich zu sehen. Wie war der Rest der Con?«

»Super!«, schwärmte Lilli. »Aber die Herren haben eine alte Dame vermisst. Niemand kann so gut Charleston tanzen wie du.«

»Bist du öfter auf solchen Veranstaltungen?«, fragte Anne Lilli.

Lilli nickte. »Wann immer ich es einrichten kann. Und die Zwanziger sind eben genau meine Zeit.«

»Also wenn du magst, kannst du dir die Sachen immer gerne von mir leihen«, bot Anne Lindemann an.

Lilli bekam ganz glänzende Augen. »Wirklich? Die Originalkleider? Oh, das wäre einfach genial!«

»Setz dich, Lilli!« Davids Mutter räumte einen Stapel Papiere zur Seite, der auf einem der roten Polstersessel lag.

»Oh, das sind die Soko-Fotos«, meinte Franzi. »Ich habe sie mitgenommen für den Fall, dass wir noch etwas nachsehen müssen. Sorry, die sollten hier nicht einfach so herumliegen.«

Sie nahm den Stapel, der ihr entglitt, und alles flatterte auf den Boden. »Mist!«

»Warte, ich helfe dir.« Lilli krabbelte unter den Tisch und sammelte eifrig die Blätter ein. »Das ist ja komisch«, sagte sie plötzlich und betrachtete eine Zeichnung, auf der eine der gestohlenen Halsketten abgebildet war. »Diese Halskette ist auf allen alten Fotos von meiner Oma.«

»Wie meinst du das?«, fragte Kim.

»Na ja, die Halskette war ein Erbstück von ihrer Mutter und meine Oma hat sie immer getragen. Bis sie eines Tages verschwunden war. Sie sagte immer, sie hätte sie verloren.«

Kim ordnete die Blätter. »Sieh dir die Kette noch einmal genau an. Bist du sicher, dass es die von deiner Oma ist?«

Lilli nickte. »Beim großen Libellenanhänger war ein roter Stein ersetzt. Der hatte einen dunkleren Ton als die anderen. Und das sieht man auf der Zeichnung auch ganz gut. Ich fand das immer total schade, dass es die Kette nicht mehr gibt. Sie hätte so gut zu meinem Zwanzigerjahre-Kleid gepasst.«

Lilli zeigte auf den Stein und Kim sah den Farbunterschied nun auch deutlich.

Kim suchte den Bericht zu dem herausgefallenen Bild.

»Wie heißt deine Oma?«, fragte sie Lilli.

»Gertrud Gottwalt.«

Kim nickte. Den Namen hatte sie auf jeden Fall in einem der Berichte gelesen. Sie blätterte weiter. Da war er ja!

»Deine Oma hat die Kette nicht verloren. Vielmehr ist deine Oma vor vielen Jahren Opfer eines Serieneinbrechers geworden. Allerdings wurde der Fall niemals aufgeklärt.«

»Wie bitte? Das glaube ich nicht!« Lilli sah die drei !!! entsetzt an. »Bei Oma Gertie wurde eingebrochen?«

»Das ist bereits vierzig Jahre her«, beruhigte Kim sie.

Lilli ließ sich auf den roten Sessel sinken und nippte an einem der Wassergläser.

»Deine Oma lebt noch?«, fragte Marie. »Hier in der Stadt?«

Lilli nickte. »Sogar hier direkt um die Ecke. Sie ist nach dem

Tod von Opa vor fünf Jahren in eine kleine Wohnung in der Innenstadt gezogen. Mit Aufzug. Sie hat Probleme mit dem Laufen.«

»Lilli, kannst du uns versprechen, ein Geheimnis zu bewahren?« Kim sah sie verschwörerisch an.

»Klar«, sagte Lilli. »Um was geht es denn?«

Kim erklärte ihr, wie sie auf nicht ganz erlaubte Art und Weise an die Informationen gekommen waren. Dass sie aber der Polizei wirklich nur helfen wollten, einen bisher nicht gelösten Fall vielleicht doch noch zu lösen.

Lillis Wangen wurden vor Aufregung immer röter, je mehr Kim erzählte.

»Das finde ich richtig toll, dass ihr die Sache noch einmal aufrollen wollt. Ich helfe euch. Das ist ja wohl Ehrensache!«, rief sie und holte ihr Handy heraus. »Ich rufe sofort Oma Gertie an und frage, ob wir vorbeikommen dürfen.«

Die drei !!! waren einverstanden. Mit Streichen waren sie für heute sowieso fertig und diese Gelegenheit durften sie sich natürlich nicht entgehen lassen.

Während Lilli mit ihrer Oma telefonierte, räumten Kim, Franzi und Marie die Malersachen zusammen und säuberten sich, so gut es ging, von den Farbresten im Gesicht, an den Händen und Armen. »Ich lasse mein Käppi lieber auf«, meinte Franzi. »Ich habe noch Farbe in den Haaren.«

Lilli hatte ihr Gespräch beendet. »Sie freut sich und erwartet uns in zehn Minuten zum Tee«, verkündete sie froh. »Und wir bringen Mandelhörnchen vom Bäcker mit!«

Eine haarige Angelegenheit

»Schnuddeltrinchen, wie schön, dich zu sehen.«

Lillis Ohren wurden dunkelrot. »Oma Gertie, du sollst mich doch nicht so nennen«, beschwerte sie sich. »Zumindest nicht, wenn Leute dabei sind.«

»Ist ja gut, Schnuddeltrinchen, ist ja gut!« Oma Gertie kicherte und Kim, Franzi und Marie sahen einander amüsiert an.

Lilli überreichte ihrer Oma das Paket mit den Mandelhörnchen. Oma Gertie setzte es vorsichtig auf dem Tisch ab, öffnete das Verpackungspapier und wedelte mit der Hand darüber. »Dieser Duft!«, schwärmte sie. »Ich liebe die Mischung aus Marzipan und Schokolade! Danke, Schnuddeltrinchen.«

»Oma!«

»Entschuldige, Sch... Schätzchen, ich kann es mir einfach nicht merken.«

Sie legte die Mandelhörnchen auf ein goldumrandetes längliches Porzellantablett – so vorsichtig, als wären sie rohe Eier. Dann schenkte sie Tee in winzige bemalte Tassen, die ebenfalls einen Goldrand hatten.

Kim kam sich vor, als wäre sie bei Schneewittchen und den sieben Zwergen zu Besuch.
Sie setzten sich.
»So richtig verstanden habe ich vorhin am Telefon nicht, um was es geht«, gestand Oma Gertie. »Lilli erwähnte meine Libellenkette?« Sofort wurde Oma Gerties Blick traurig. »Die hat mein Vater meiner Mutter zur Hochzeit geschenkt. Und der hat sie wiederum von seiner Mutter gehabt. Die war richtig wertvoll. Und ich habe sie immer getragen, bis …«
»… bis sie eines Tages gestohlen worden ist?«, ergänzte Marie leise.
Oma Gertie nickte. »Und nicht nur die Kette. Mein gesamter Schmuck war weg. Es war furchtbar.«
»Aber warum hast du mir immer erzählt, dass du die Kette verloren hast?«, fragte Lilli.
»Ich wollte die alte Geschichte nicht noch einmal aufwärmen. Für mich war das damals ein richtiger Schock. Ich habe lange Zeit gebraucht, um mich in meiner eigenen Wohnung wieder sicher zu fühlen. Und dann der unheimliche Herzluftballon. Ich habe jahrelang von roten Luftballons geträumt, die neben meinen Ohren platzen. Ich wollte nicht, dass du auch Angst bekommst. Den Täter haben sie ja nie gefasst, soweit ich weiß.«
Kim schüttelte den Kopf. »Richtig. Deswegen sind wir hier. Wir wollen den alten Fall noch einmal untersuchen.«
»Ihr seid doch noch Schülerinnen, oder?« Oma Gertie sah Kim verwundert an.
»Ja, das sind wir. Wir sind aber auch ein erfolgreiches Detek-

tivteam und haben schon viele Fälle gelöst. Hier ist unsere Karte!« Kim reichte Oma Gertie ihre Visitenkarte.
»Die drei !!!«, las Oma Gertie vor. »Kim Jülich, Franziska Winkler und Marie Grevenbroich. Ist das nicht ein bisschen gefährlich für euch Mädchen?«
»Nicht die Spur«, behauptete Franzi. »Wir passen schon auf uns auf. Und wenn es brenzlig wird, schalten wir natürlich sofort die Polizei ein.«
Oma Gertie schüttelte sich. »Schnuddeltrinchen, du musst mir versprechen, dass du bei dieser Detektivsache nicht mitmachst.«
»Keine Sorge, Oma. Ich bin detektivisch völlig unbegabt.« Lilli zwinkerte den drei !!! zu. »Das überlasse ich lasse lieber Kim, Franzi und Marie.«
»Frau Gottwalt, können Sie uns erzählen, wie das damals genau war? Ich weiß, Sie sind ausführlich befragt worden, und wir haben Ihre Aussage in den Unterlagen, aber vielleicht gibt es ja noch irgendetwas, was Sie ergänzen wollen?«
Gertrud Gottwalt hob abwehrend die Hände. »Nach so vielen Jahren? Ach du liebe Zeit, Mädchen.« Dann nahm sie ihr Mandelhörnchen und biss hinein.
In der Wohnung war es stickig. Kim nahm die Serviette und fächelte sich ein wenig Luft zu.
Franzi lief ein Schweißtropfen über die Stirn. Trotz ihrer farbverschmierten Haare setzte sie das Käppi ab. Sofort ploppten ihre beiden roten Zöpfe nach oben.
Und in diesem Moment erstarrte Gertrud Gottwalt zu Stein. Ihr Blick war unverwandt auf Franzi gerichtet.

Franzi strich sich durch die verklebten Haare. »Tut mir leid, wir kommen gerade vom Streichen«, murmelte sie. »Ich glaube aber nicht, dass es noch abfärbt.«

»Das ist es nicht«, wisperte Gertrud Gottwalt und starrte weiter unverwandt auf Franzi. »Mir ist soeben etwas eingefallen. Es ist vielleicht überhaupt nicht wichtig, aber es hat mit dem Einbruch zu tun. Und *das* habe ich damals wirklich nicht zu Protokoll gegeben.«

Alle sahen Oma Gertie erwartungsvoll an. Doch die biss erneut in ihr Mandelhörnchen und trank ihren Tee in winzigen Mäuseschlückchen, bevor sie fortfuhr.

Kim fragte sich, ob die alte Dame früher möglicherweise einmal Schauspielerin gewesen war. Ein Talent für Drama und Spannung hatte sie ganz offensichtlich.

»Am Herzluftballon klebte ein rotes Haar! Das habe ich einfach abgezupft und irgendwo entsorgt. Keine Ahnung wo. Ich war wie in Trance. Bis gerade wusste ich gar nicht mehr, dass das überhaupt passiert ist.«

»Und warum hast du Franzi so angesehen, als wäre sie ein Geist?«, fragte Lilli.

»Weil mich ihre roten Haare darauf gebracht haben. Nimm die Kappe noch einmal für mich ab, bitte!«

Franzi zog sich die Kappe von den Haaren. Ein paar Haare standen elektrostatisch aufgeladen in alle Richtungen.

»Seht ihr?«, meinte Oma Gertie. »Es ist nicht genau die gleiche Farbe. Aber Franzis Haare haben mich genau an diesen Vorfall erinnert.«

»Das Haar war bestimmt vom Täter«, meinte Kim. »Damals hätte man damit wahrscheinlich gar nicht so viel anfangen können. Aber heute!«

»Heute wissen wir zumindest, dass der Täter wahrscheinlich rote Haare gehabt hat. Das ist eine wichtige Information, die die Polizei damals nicht hatte.« Marie holte einen Stift heraus und notierte etwas auf den Unterlagen.

Oma Gertie schnappte sich das zweite Mandelhörnchen. Kim schmunzelte. Sie war gerade sowieso zu aufgeregt, um etwas zu essen.

»Ich wünsche euch, dass ihr weiterkommt und noch mehr herausbringt. Vielleicht findet ihr ja sogar meine Kette. Nach vierzig Jahren ... das wäre einfach zu schön, um wahr zu sein.«

Kim, Franzi und Marie standen auf. »Vielen Dank, Sie haben uns sehr geholfen!«

»Bitte sehr«, sagte Gertrud Gottwalt mit vollem Mund.

»Bitte melden Sie sich jederzeit, wenn Ihnen noch etwas einfällt!«, bat Marie.

Sie verabschiedeten sich. Lilli wollte noch ein wenig bei ihrer Oma bleiben, deswegen liefen sie zu dritt zurück zum Fotostudio.

Kim warf einen Blick auf die Handyuhr. Schon fünf? Hoffentlich war David ...

Zu spät ...

»Hallo, Kim. Hast du eine Minute?«

Kim seufzte. Genau das hatte sie unbedingt vermeiden wollen:

David in die Arme zu laufen und ihm Rede und Antwort stehen zu müssen.
Kim nickte widerwillig.
»Komm, wir setzen uns auf die Bank«, schlug David vor.
»Wir sehen uns morgen! Nach der Schule, wieder hier?« Marie und Franzi winkten Kim zum Abschied zu. Marie machte dann mit beiden Händen das Herzzeichen, legte die Hand auf die Brust und verzog den Mund zu einer Kussschnute.
Kim wusste genau, was ihre Freundin damit andeuten wollte: dass sie nämlich ihrem Herzen endlich einen Ruck geben sollte ... Aber wenn es festsaß? In dickem Eifersuchtszement?
Allerdings war es superschön, Davids Stimme zu hören. Es schwang gar nichts Saures oder Beleidigtes mit.
David rückte ganz nah an sie heran. Dann nahm er ihre Hand. Kim überlegte, ob sie sie zurückziehen sollte, aber es fühlte sich so vertraut und angenehm an. Also ließ sie ihre Hand genau da, wo sie war. Doch sie senkte den Blick. Sie durfte ihm auf keinen Fall in die Augen sehen. Die goldenen Sprenkel hypnotisierten sie und dann konnte sie nicht mehr klar denken.
»Kim, ich wünsche mir so, dass wir uns wieder vertragen. Ich vermisse dich schrecklich!«, begann David.
Am liebsten hätte Kim laut geschrien: Ich dich doch auch!
Aber es ging nicht. Also saß sie nur schweigend da.
»Du musst wirklich keine Angst haben, dass zwischen mir und Viola etwas läuft. Wir sind einfach nur Freunde und uns macht diese Fotogeschichte Spaß. In meinem Herzen bist nur du. Ich schwöre es.«

»Wir waren auch mal nur Freunde«, sagte Kim nun leise. »Weil wir ein gemeinsames Hobby hatten, haben wir Zeit miteinander verbracht, und die Gefühle haben sich so nebenbei und unbemerkt entwickelt. Ich habe einfach Angst, dass das bei Viola auch so sein könnte.«
David schnaubte. »Das war vielleicht bei *dir* so. Nebenbei und zunächst unbemerkt. Bei mir war das anders. Ich war vom ersten Augenblick in dich verliebt. KNALLBUMM! Und daran hat sich seitdem nichts geändert. Es ist kein Platz für jemanden anderen hier.« Er deutete erst auf sein Herz und dann auf seinen Kopf. »Alles voll mit dir!«
»Und warum verstehst du dann nicht, dass mich diese blöde Foto-Geschichte sauer macht?«
»Weil du völlig grundlos sauer bist. Und weil ich genau wie du Hobbys habe, die ich gerne mache. Und ehrlich gesagt möchte ich mir nicht von meiner Freundin verbieten lassen, etwas zu machen, was mir Spaß macht. Warum vertraust du mir denn nicht einfach? Ich vertraue dir doch auch, wenn du ständig als Detektivin unterwegs bist.«
Kim schob die Unterlippe nach vorne. »Mit dem kleinen, aber feinen Unterschied, dass ich nicht zusammen mit Mike Singer oder Zac Efron ermittle. Du kannst mir viel leichter vertrauen!«
David ließ Kims Hand los und sah sie enttäuscht an. »Dir ist echt nicht zu helfen. Sag Bescheid, wenn du wieder normal denken kannst, ja!«
»Ich kann normal denken«, fuhr Kim ihn barsch an. »Ich ha-

be nur keine Lust auf ein gebrochenes Herz.« Sie stapfte zu ihrem Fahrrad, knallte sich den Helm auf den Kopf und radelte los. Fast wäre sie mit einer Radfahrerin zusammengestoßen.

»He, immer langsam«, meckerte das Mädchen und schob ihren Helm nach oben. »Du rast, als ob du keine Augen im Kopf hättest.«

Nein, nicht auch noch das! Das Mädchen war Viola! Und bestimmt war sie auf dem Weg zu David.

»Pass selber besser auf!«, keifte Kim zurück.

Ein klein wenig tat es ihr sogar leid, dass sie nicht zusammengestoßen waren. So eine kleine Schramme hätte sie der Kuh gewünscht! Dann wäre sicher auch diese blöde Foto-Love-Story ins Wasser gefallen!

Als Kim die Haustür aufmachte, raste Pablo die Stufen nach unten, schnappte sich die Leine und sah sie erwartungsvoll an. Oh nein. Hatte niemand den Hund Gassi geführt? »Ben? Lukas?«, rief sie die Treppe nach oben. »Der Hund muss mal!«

Sie bekam keine Antwort. Pablo sah sie bittend an. Sie seufzte und klickte den Karabinerhaken in Pablos Halsband. Dann streichelte sie ihm über den Kopf. »Komm mit. Du kannst ja nichts dafür, dass niemand hier Zeit für dich hat!«, sagte sie. Pablo leckte ihr die Hand. »Aber nur eine kleine Runde. Ich sterbe vor Hunger.«

Sie liefen die Straße entlang und bogen in den kleinen Waldweg oberhalb der Reihenhaussiedlung ein. Sie merkte, wie sie beim Anblick der Bäume automatisch ruhiger atmete. Pablo

wetzte fröhlich herum und auch das hob ihre Laune. Plötzlich wedelte er wie verrückt mit dem Schwanz und tanzte vor einem dichten Haselnussstrauch auf und ab. Er bellte freudig.
»Was hast du denn entdeckt?«, fragte Kim, kam näher und bog neugierig die Zweige zur Seite. Sie rollte genervt die Augen. »Ben und Lukas! Ihr wart dran mit Gassigehen.« Kim drückte ihnen gnadenlos die Leine in die Hand. »Viel Spaß noch!« Sie machte auf dem Absatz kehrt und lief zurück zum Haus. Plötzlich fühlte sie sich furchtbar müde. Das Gemecker ihrer beiden Brüder wurde leiser, und als sie wieder in ihre Straße einbog, sah sie, wie Pablo wie verrückt an der Leine zog und Ben unglücklich hinterherstolperte.

Kim hatte die ganze Nacht wie ein Stein geschlafen. Doch so richtig erholt fühlte sie sich am nächsten Morgen trotzdem nicht. Ihre Muskeln waren steif und taten weh. Ob sie krank wurde? Oder war es der Streit mit David, der sie so lahmlegte? Siedend heiß fiel ihr ein, dass sie gestern eigentlich noch für die Englisch-Abfrage hätte lernen wollen. Sie stand zwischen drei und vier und ihre Lehrerin hatte ihr angedroht, sie dranzunehmen. Sie zog sich schnell an und nahm das Englisch-Buch mit zum Frühstückstisch. Hektisch versuchte sie, sich die Vokabeln des letzten Textes zu merken.
Beim dritten Löffel Müsli gab sie auf. Vielleicht war der Englisch-Gott heute gnädig zu ihr?

Ein Schrank voller Vergangenheit

War er nicht. Natürlich wurde Kim abgefragt und natürlich kassierte sie einen Bombenfünfer. Ihr war die schlechte Note egal – sie musste sich nur überlegen, was sie ihrer Mutter sagen würde.

Körperlich und seelisch zerknautscht traf sie nach der Schule im Fotostudio ein. Trotz des *Geschlossen*-Schildes war die Tür unverschlossen. Kim trat ein und die Glocke bimmelte.

Der Verkaufsraum sah durch den neuen Anstrich einladend und freundlich aus. Wenigstens etwas, das gut gelaufen war. Obwohl … Nun war sie ein wenig ungerecht: Die Kostümsache hatten sie in Windeseile gelöst und sogar beim Herzluftballonfall hatten sie zumindest eine neue Spur aufgetan.

Sie setzte sich auf einen Sessel und holte ihre Hausaufgaben heraus. Vielleicht konnte sie ja bald mal ein Referat machen, um ihre Englisch-Note zu verbessern?

»Sie ist wieder da!«, hörte Kim in diesem Moment jemanden sagen. Derjenige klang alarmiert und erfreut zugleich.

Aber vor allem aufgeregt. Sehr aufgeregt.

Kim stand auf und ging, so leise sie konnte, zum Flur.

»Ich habe keine Ahnung, was sie will!« Nun erkannte Kim deutlich Opa Rainers Stimme. Sie linste durch die Glastür der kleinen Küche, die hinter dem Verkaufsraum lag. Opa Rainer stand mit hängenden Schultern da. Sein Kopf war hochrot, er schwitzte und gleichzeitig zitterte seine Hand, die den Telefonhörer umklammert hielt. »Hast du auch nicht gewusst? Nein, keine Ahnung, ob das ganze Geld verprasst ist. Ja, bis später!«

Opa Rainer legte auf und Kim beeilte sich, wieder zu ihrem Schulrucksack und dem Sessel zu kommen.

Doch ihre Eile wäre gar nicht nötig gewesen, denn niemand tauchte auf. Kim nahm sich ihren karierten Matheblock und notierte sich, was sie an Gesprächsfetzen gehört hatte.

Wen meinte Opa Rainer? Und welches Geld? Irgendetwas stimmte nicht, das spürte Kim genau. Ihre detektivische Alarmanlage schlug kreischend an und auf die konnte sie sich immer verlassen.

Als sie eine ganze Weile gar nichts gehört hatte, stand sie erneut auf und schlich in die kleine Küche. Das schnurlose Telefon lag auf dem Tisch. Daneben eine halb ausgetrunkene Tasse Kaffee. Kim griff das Telefon und drückte auf Wahlwiederholung. Es klingelte. Angespannt wartete sie.

»Bruno Lindemann«, meldete sich eine dunkle Stimme am anderen Ende der Leitung.

Kim legte auf.

Bruno Lindemann? Das war der Bruder von Opa Rainer. David hatte ihr von ihm erzählt. Die beiden Brüder hatten die letzten Jahre nicht das beste Verhältnis zueinander gehabt, aber in letzter Zeit hatten sie sich wieder besser verstanden.
Da war es klar, dass Opa Rainer ihn anrief, wenn ihm etwas Seltsames passierte oder er etwas auf dem Herzen hatte.
PLING! PLANG! PLONG!
Die Tür ging auf und Marie und Franzi kamen gleichzeitig mit Anne Lindemann herein, die den ganzen Arm voller Kleider und Kostüme hatte.
»Ich bereite schon mal alles für das Probe-Shooting vor«, sagte sie und verschwand im Studio-Raum.
»Hey, da bist du ja schon!« Franzi ließ sich auf den Sessel neben Kim plumpsen. »Du siehst aus, als hättest du heute schon zweimal die Welt gerettet. Ist was passiert?«
Kim versuchte zu lächeln. »Nein, alles okay. Echt. Ich hatte ein bisschen Stress in der Schule. Keine Weltrettungen, aber auch kein Weltuntergang.«
Franzi gab sich mit Kims Antwort zufrieden.
»Habt ihr auch die Mail von Lilli bekommen?«, fragte Marie. »Sie hat uns Bilder vom LARP-Wochenende geschickt!«
»Nee, habe ich heute noch nicht gecheckt. Lass mal sehen!«, forderte Franzi Marie auf.
Marie legte ihr Handy auf den Tisch. Das erste Bild war eine Großaufnahme von Rosa Rosaletti oder besser gesagt Elena Grande bei ihrem Auftritt. Sie sah einfach toll aus!
»Findet ihr eigentlich auch, dass Elena ein bisschen Ähnlich-

keit mit Helene Rosenhain hat?«, sagte Marie plötzlich. »Also zumindest auf diesem Bild?«
»Hm, weiß nicht«, meinte Kim. Sie war eher skeptisch.
»Du hast recht!« Franzi war offensichtlich anderer Meinung als Kim. Sie ging zum Verkaufstresen und holte eine der Fotografien von Helene, die sie bereits für die Ausstellung ausgewählt hatten. »Klar, sie ist viel älter. Aber guck dir mal die Augen und die vollen Lippen an. Das könnte sie durchaus sein!«
Kim warf einen zweiten Blick auf die beiden Fotografien. Mit sehr viel Fantasie konnte sie eine gewisse Ähnlichkeit feststellen. Wenn allerdings Helene Rosenhain Elena Grande war – in Kims Kopf schossen die Gedanken so wild hin und her, dass ihr schwindelig wurde –, dann hatte Opa Rainer sie erkannt und sich deshalb so schräg benommen? Und dann ergäbe auch das belauschte Telefongespräch Sinn. Zumindest teilweise.
Sie erzählte Marie und Franzi, was sie mitbekommen hatte.
»Aber warum haben die beiden nichts gesagt?«, fragte Franzi.
»Möglicherweise war er sich auch nicht sicher und wollte sich nicht blamieren«, versuchte Marie zu erklären.
»Aber vorhin am Telefon klang er doch sehr davon überzeugt, oder?«, fragte Franzi. »Zumindest würde ich das aus deinen Notizen so herauslesen.«
Kim nickte. »Dann war er auf Burg Sonnentau einfach nur überrumpelt. Und Helene hat ja auch nichts gesagt. Aber habt ihr bemerkt, dass auch sie einen Moment völlig von der Rolle war?«
»Sie hat bestimmt nicht damit gerechnet, ihre große Liebe von

vor vierzig Jahren im Garten eines alten Schlosses zu treffen«, überlegte Marie. »Stellt euch das mal vor! Ich würde umfallen vor Schreck. Das ist *so* romantisch!«

Franzi legte den Kopf schief. »Das passt nicht zusammen. Entweder man erschrickt oder man schmilzt dahin.«

»Ach!« Marie blinzelte und grinste entrückt. »Die wirklich großen Gefühle haben doch immer zwei Seiten. Natürlich ist die alte Liebe so groß, dass sie die beiden einfach überwältigt, hinwegfegt, sprachlos macht. *Handlungsunfähig*!«

Kim kicherte. »Welche Liebesschnulze hast du dir denn gestern Abend reingezogen?«

Marie wurde rot. »Ertappt. Ich habe mir gestern mit Holger den neuen Rosalinde-Pulcher-Film angesehen. So viele dumme Zufälle und so viele Verstrickungen. Aber am Ende haben sich die Richtigen gekriegt.«

»Das tun sie in solchen Filmen immer«, meinte Franzi nüchtern. »Meine Überraschung hält sich in engen Grenzen.«

Marie verschränkte die Arme. »Ihr seid so etwas von unromantisch. Genau wie ...« Sie verstummte.

»... Holger?«, riet Kim.

»Ja«, gestand Marie knurrend. »Der ist noch vor dem Kuss eingeschlafen und war gar nicht mehr wachzubekommen. Zum Glück waren Lina und ihre Freundin Anouk da. Die sind genauso dahingeschmolzen wie ich.«

Seit einer Weile waren Lina, Maries Stiefschwester, und Anouk unzertrennlich. Lina hatte Marie vor Kurzem sogar gestanden, dass sie ein wenig verliebt in Anouk war.

»Sei froh, dass dein Freund überhaupt da ist.« Franzi knibbelte an ihrem Armband mit dem halben Ring von Blake. Den hatte sie aufschneiden müssen, weil eine Biene sie gestochen hatte. Franzis Freund Blake saß seit ein paar Jahren im Rollstuhl und war ein erfolgreicher und begeisterter Wheelchair-Motocross-Fahrer, kurz WCMX, und für ein Jahr nach Amerika gegangen, weil es nur dort optimale Trainingsbedingungen für diese Sportart gab. Dieses Jahr war nun fast um und Franzi konnte es kaum erwarten, Blake wiederzusehen.

»Jetzt mal zurück zu unserem Fall«, meinte Kim. »Ich kann mir durchaus vorstellen, dass ein Wiedersehen nach vierzig Jahren überwältigend ist. Große Liebe hin oder her. Und wenn unsere Vermutungen stimmen, wird es für Opa Rainer und Helene nun unangenehm.«

Sie stand auf und schloss die Tür zum Hinterzimmer. »Ich möchte keine Zuhörer. Schließlich entwickelt sich unser Gespräch gerade zu einem geheimen Clubtreffen.«

»Ich verstehe das nicht. Warum wird es für Opa Rainer unangenehm?«, fragte Franzi. »Mir ist klar, dass Helene damals unter Verdacht stand, die Einbrüche begangen zu haben. Und Opa Rainer scheint das auch zu glauben, denn sonst würde er am Telefon nicht fragen, ob sie das ganze Geld verprasst hat.«

»Und wenn er mit ihr unter einer Decke gesteckt hat? Hast du dir mal seine Haarfarbe angesehen?« Kim klopfte mit dem Bleistift auf dem Tisch herum.

»Rot. Genau wie die Haare von Anne Lindemann und von Adele«, flüsterte Franzi leise.

»Du meinst also …«, sagte Marie.
»Ich meine noch *gar* nichts. Aber es ist schon ein großer Zufall, dass in mindestens drei der Wohnungen Fotografien von Opa Rainer hingen. *Und* er war der Freund einer Verdächtigen. *Und* er hat rote Haare. Gertrud Gottwalts zurückgekehrte Erinnerung passt genau ins Bild!«
»Aber eine Sache stört mich!« Franzi zippelte ihren rechten Zopf zurecht. »Opa Rainer war viel zu ruhig, als er erfahren hat, dass wir in dem alten Fall ermitteln wollen. Er hätte doch dann nicht seelenruhig mit uns Fotos ausgesucht, auf denen seine Komplizin zu sehen ist. Das ist unlogisch.«
»Oder er fühlte sich sehr sicher? Schließlich ist das alles ewig her …«, überlegte Marie. »Und seit Helene nun in echt wieder da ist, ist er ja alles andere als ruhig.«
Kim nickte. »Er hat am ganzen Körper gezittert. Und sein Kopf war tomatenfeuerrot. Ruhig kann man das nicht nennen.«
»Das ist verrückt«, meinte Marie. »Wir übernehmen einen uralten Fall, und dann deutet plötzlich alles darauf hin, dass der Opa deines Freundes, Kim, tief in die Sache verstrickt ist und wir genau am richtigen Ort sind.«
»Erstens weiß ich gar nicht, ob David noch mein Freund ist«, antwortete Kim trotzig, »und zweitens ist das ja nur eine Vermutung. Der wir allerdings nachgehen sollten.«
»Mensch, Kim, hast du dich immer noch nicht mit David versöhnt?« Marie stöhnte. »Ich dachte, die Sache ist seit gestern wieder im Lot. Du benimmst dich superzickig und David geht immer wieder auf dich zu. Ich kapiere es einfach nicht.«

Kim schwieg.
»David müssen wir aus diesen Ermittlungen heraushalten. Er liebt seinen Opa und möchte sicher nicht, dass er eines Verbrechens überführt wird«, sagte Marie.
Franzi stimmte ihr zu.
»Wo ist Opa Rainer denn jetzt?«, fragte Franzi.
»Er ist nach dem Telefonat nach oben in die Wohnung gegangen«, erzählte Kim.
»Dann können wir uns also gerade ein wenig umsehen? Davids Mutter ist im Studio und Opa Rainer gar nicht im Laden.«
»Im Keller steht ein riesiger Aktenschrank. Vielleicht finden wir dort etwas Aufschlussreiches.« Kim nahm die Mappe mit den Fotos der *Soko Roter Luftballon*. Zusammen stiegen sie leise die Kellertreppe hinunter.

»Puh, riecht das hier muffig.« Marie rümpfte die Nase.
»Aber nicht nach feuchtem Keller, sondern eher nach Bergen von staubigem Papier«, meinte Franzi und musste niesen.
»Psst.« Kim legte den Zeigefinger über den Mund. »Sei lieber froh, dass Opa Rainer so unordentlich ist. Er hätte die Unterlagen gar nicht aufbewahren müssen. Es ist ja schon lange her. Das letzte Mal, als ich hier unten war, habe ich übrigens Iris aufgeschreckt. Sie hat irgendetwas gewerkelt.«
»Iris? Die neue Freundin von Opa Rainer?« Franzi hob anerkennend eine Augenbraue. »Hast du gar nicht erwähnt. Ich finde es toll, wie sie die Familie unterstützt. Auch wenn sie mit den Kostümen Mist gebaut hat. Sie hilft, wo sie kann.«

Kim überlegte einen Moment, ob sie erzählen sollte, dass Iris mit Hammer und Meißel herumgeklopft hatte und dass ihr das etwas merkwürdig vorgekommen war, ließ es aber dann bleiben. Iris war harmlos. Ein wenig verplant, aber harmlos.
Kim drückte den Lichtschalter und die nackte Glühbirne in der Mitte des Raumes leuchtete hell auf. »Diesen Schrank meine ich«, sagte sie und deutete auf ein Metallungetüm in der Ecke. Der Aktenschrank war hoch, fast bis zur Decke. Auf den Schubladen waren Etiketten angebracht. A–D, stand ganz oben und auf der nächsten die Buchstaben E–G.
»Das ist zumindest geordnet«, meinte Franzi. »Aber viel.«
»Ich habe da so eine Idee, die ich gerne überprüfen möchte. Kim, lies mal die Nachnamen der Opfer vor!«, forderte Marie ihre Freundin auf.
»Ruskow«, sagte Kim und blätterte die Akte durch.
Marie zog die Schublade mit dem Buchstaben R auf. »Rambert, Rechenberger, Richert, Ruskow. Volltreffer. Die Ruskows haben bei Opa Rainer gekauft. Der nächste Name?«
Kim las einen Nachnamen nach dem anderen vor. Alle bis auf einen waren Kunden bei Opa Rainer gewesen.
Marie hatte die entsprechenden Mappen aus dem Schrank genommen und blätterte sie durch.
»Alle haben große Fotografien bestellt. Das waren keine kleinen Aufträge«, stellte Marie fest. »Allerdings nicht nur berühmte Persönlichkeiten – zumindest, soweit ich das beurteilen kann. Manchmal steht auch einfach nur *Monika* oder *Opa* da. Das sind dann wohl eher Fotos von Familienmitgliedern.«

»Lass mal sehen.« Kim nahm sich neugierig einen Stapel mit den Hängeregistern. »Opa Rainer hat wirklich alles aufbewahrt. Jede Rechnung und sogar Telefonnotizen. Ich würde vorschlagen, wir nehmen die Unterlagen mit nach oben. Die vermisst hier bestimmt keiner.«
»Kommt mal hier rüber und seht euch das an.« Franzi hielt eine kleine silberne Blechdose nach oben. »Die habe ich in der Holztruhe gefunden.« Sie öffnete die Dose und zog ein Bündel Briefe heraus, die mit einer roten, brüchigen Satinschleife umwickelt waren. Sie faltete den ersten auf.

Allergeliebtester Rainer,

nun habe ich dich schon 405 600 Sekunden nicht gesehen – fast fünf Tage. Ohne dein liebes Gesicht vor mir singe ich nur halb so schön. Mit meinen Gedanken und Worten ist es noch schlimmer. Die sind immer bei dir, und wehe, es spricht mich jemand an. Dann kommt nur Unsinn aus mir heraus, weil ich immer nur denke: »Ich liebe dich, Rainer.«
Aber bald ist die Italientournee vorbei und übermorgen liege ich schon in deinen Armen.
Und dann singe ich nur noch für dich, mein Geliebter.

Millionen Küsse sendet dir

Dein Helenchen

Kim seufzte. »Ach, was für ein schöner Liebesbrief. Ein Jammer, dass der hier seit Jahren unbeachtet liegt. David kann ja auch schön schreiben, aber das hier ... hat jemand von euch ein Taschentuch?«

Sie schniefte.

»Typisch«, grummelte Marie. »Wenn ich bei einem Pulcher-Film schmelze, dann bin ich kitschig drauf, und bei diesem Schmachtfetzen zerfließt ihr wie Wachs in der Sonne?«

»Das hier, meine liebe Marie, ist ja auch das wahre Leben. Nicht so eine erfundene Liebesschnulze«, antwortete Kim.

»Und dass dieses Liebespaar sehr wahrscheinlich eiskalte Verbrecher sind, dämpft deine Gefühle nicht?«

»Zugegeben, vielleicht ein kleines bisschen.« Kim grinste. »Franzi, die Briefe müssen wir auch mitnehmen. Vielleicht erfahren wir etwas Wichtiges. Hinweise oder so?«

Franzi nickte und steckte die Dose in eines der Hängeregister. Dann deutete sie nach oben. »Ich höre was. Wir sollten verschwinden.«

»Ich bin noch nicht ganz so weit. Entschuldigt!« Anne Lindemann rauschte im Flur an ihnen vorbei. Sie schien sich kein bisschen zu wundern, dass die drei !!! aus dem Keller kamen. »Irgendetwas stimmt mit der Übertragung von der Kamera auf den Rechner nicht. Ich muss leider ein wenig rumtüfteln.« Und schon war sie wieder im Studio verschwunden.

»Früher war das irgendwie leichter. Ich meine, als wir alle analog gearbeitet haben. Da ist mir höchstens mal die Entwicklerflüssigkeit umgefallen«, meinte Opa Rainer, der gerade aus der Küche kam. Er war bester Laune und sehr schick angezogen.

»Was haben Sie denn vor?«, fragte Marie, die ihn mit Kennerblick musterte. »Ein weißer Leinenanzug? Ein Strohhut? Und italienische Lederschuhe? Sie sehen aus, als würden Sie auf Ihre eigene Hochzeit gehen.«

Opa Rainer blickte verlegen zu Boden. »Ich wusste gar nicht, dass du dich so gut mit Mode auskennst. Das sind wirklich italienische Lederschuhe. Handgenäht. Schön, dass sie dir gefallen. Und das ist auch mein Ziel: einer Frau zu gefallen …« Er grinste schelmisch und machte einen kleinen Tanzschritt.

»Na, da wird sich Iris aber freuen. Was für eine nette Überraschung!«, sagte Kim.

Opa Rainer zuckte mit den Schultern, nahm pfeifend seine Geldbörse vom Küchentisch. »Falls jemand nach mir fragt: Ich bin gegen sechs zurück.«

»Der trifft sich nicht mit Iris. Hundertprozentig. Denkt ihr, was ich denke?« Kim schnappte sich ihren Rucksack.

»Wir müssen hinterher!«, rief Franzi.

Marie nickte. »Genau! Das könnte sehr interessant werden.«

Franzi und Marie folgten Kim im Laufschritt.

Sie sahen Opa Rainer gerade noch um die Ecke biegen.

»Es sollte nicht allzu schwer sein, ihn zu verfolgen. Los, in Deckung!« Kim rannte bis zur Straßenecke, schlüpfte dann unter die Markise eines Blumenladens und sah sich nach Opa Rainer um.

Er war verschwunden.
»Mist, wir haben ihn verloren«, sagte Kim enttäuscht. »Wo ist er so schnell hin?«
»Nicht gleich den Mut verlieren. Weit kann er ja nicht sein«, meinte Franzi und linste in den Blumenladen. »Vielleicht braucht er einen Strauß Blumen?«
»Da sind keine Kunden drin ... Wo könnte er noch sein?«
Langsam gingen sie ein Stück weiter.
»Da!« Kim hielt Franzi und Marie mit dem Arm zurück. »Er kommt aus dem kleinen Schreibwarenladen!«
»Vielleicht wollte er noch einen Lottoschein abgeben oder so was?« Marie pulte sich ein Steinchen aus ihren weißen Espandrilles.
»Halte ich eher für unwahrscheinlich. Aber es ist eigentlich auch egal. Wir können seine Fährte weiter verfolgen.«
Diesmal war es ganz leicht. Opa Rainer fühlte sich völlig unbeobachtet und schlenderte mal hierhin, mal dorthin. Eilig schien er es nicht zu haben.
»Ich glaube, er geht in Richtung Jakobipark«, vermutete Kim.
Opa Rainer verlangsamte seinen Schritt, griff in seine Hosentasche und zog etwas Rotes heraus.
»Was ist denn das?«, fragte Franzi.
Opa Rainer blies hinein.
»Eindeutig. Das ist ein Herzluftballon«, stellte Marie nüchtern fest. »Was uns in unserer Vermutung, wer hier gleich auftauchen wird, nur bestätigt.«
Opa Rainer knotete ein rotes Band an den Ballon. Dann ging

er jedoch am Eingang des Jakobiparks vorbei. Sein Schritt wurde immer zielstrebiger.
»Ich glaube, ich weiß, wo er hinwill. In der Lemurstraße hat eine neue Eisdiele aufgemacht. Der *Eisdieler.* Da war ich mit David«, erzählte Kim und stockte. Beim Eisessen war noch alles gut gewesen zwischen ihnen.
»*Eisdieler*? Hihi. Hoffentlich erlaubt uns Kommissar Peters, dort ein Eis zu essen. Klingt ziemlich illegal.« Marie öffnete ihren Pferdeschwanz und schüttelte ihre langen blonden Haare in Form. »Dann kann ich mich besser verstecken. Das nennt man verdeckte Ermittlungsarbeit.«

Sie folgten Opa Rainer weiter, dessen Ziel tatsächlich die neue Eisdiele war. Allerdings gingen sie nicht gleich hinein, sondern warteten draußen. Leider waren die Schaufenster so stark verspiegelt, dass sie nicht sehen konnten, was innen passierte.
»Wenn wir einfach zur Eingangstür hereinspazieren, kann es sein, dass uns die beiden sehen«, gab Franzi zu bedenken.
»Hinter der Eisdiele ist ein Hof«, meinte Marie. »Vielleicht haben sie einen Hinterausgang? Und wir können unbemerkt von dort in den Gastraum kommen?«
»Sehr gute Idee!« Kim drückte die Klinke des Rolltores nach unten und schob es einen kleinen Spalt auf.
Sie quetschten sich durch. Der Hinterhof wurde von mehreren Läden und Restaurants benutzt, sodass die drei in dem Gewusel von Lieferwagen und Lieferanten gar nicht auffielen.
Es war, wie Marie vermutet hatte: Eine unscheinbare Tür führ-

te sie auf einen Flur. Der ging an der Küche mit den großen Eismaschinen vorbei direkt in den bunt gestrichenen Gastraum.

Opa Rainer war nicht zu übersehen. Er hatte den Strohhut zwar abgenommen, aber den Herzballon hatte er an einem buschigen Benjamin-Baum angebunden. Da er nicht mit Gas gefüllt war, hing er zwar kopfüber nach unten, trotzdem war er ziemlich auffällig.

Opa Rainers Begleitung saß leider mit dem Rücken zu ihnen. Sie trug einen Hut mit Blumen und Kirschendekoration. Und weiße Handschuhe zu einem zartgelben Spitzenoberteil.

»Ich wette, das ist Helene«, flüsterte Franzi. »Wenn nicht, gebe ich jeder von euch siebzehn Kugeln Eis aus.«

»Nicht nötig«, meinte Kim. »Guckt mal da in den Spiegel. Eindeutig. Rosa Rosaletti, Elena Grande, Helene Rosenhain. Die schillernde Dame hat ja viele Namen und viele Gesichter.«

Kim schaltete ihr Handy auf Tonaufnahme und sie setzten sich so leise wie möglich an den Tisch hinter Opa Rainer und Helene. Zum Glück war der Eisdieler auch ein Pflanzenfan, sodass die drei !!! sitzen und hören konnten, ohne dass sie selbst gesehen wurden.

Der große Lauschangriff konnte beginnen.

Ein »lauschiges« Plätzchen

»Helene, ich kann es immer noch nicht fassen«, sagte Opa Rainer gerade. »Du hast dich in all den Jahren kaum verändert!«

»Ach, du bist immer noch der alte Charmeur.« Helene gluckste leise. »Du hast dich übrigens auch nicht verändert. Ich habe dich sofort wiedererkannt. Das Zimmer voller roter Luftballons hätte es gar nicht gebraucht. Danke schön!«

Die drei !!! sahen sich verschwörerisch an. Opa Rainer war offensichtlich zu später Stunde mit vielen Luftballons nach Burg Sonnentau zurückgekommen.

»Bitte schön! Ich habe so viele Fragen an dich. Ich weiß gar nicht, wo ich anfangen soll. Ich fühle mich wie zwanzig. So aufgeregt und völlig von den Socken. Warum hast du dich denn nicht gemeldet? Du hättest mich im Internet suchen können. Ich habe immer wieder nach dir geschaut, aber du warst all die Jahre wie vom Erdboden verschluckt.« Opa Rainers Stimme hatte nun einen bitteren Unterton.

»Ich habe immer verfolgt, was du getan hast. Wie du den Foto-

laden weitergeführt, du deine Frau kennengelernt hast und ihr Anne bekommen habt. Das ging ja dann ganz schnell. Ich dachte, du denkst vielleicht gar nicht mehr an mich.«
»Ich hatte ein gutes Leben«, gab Opa Rainer zu. »Und ich habe Sara, meine verstorbene Frau, auch wirklich geliebt. Anne sowieso. Aber vergessen habe ich dich nie. Es war anders mit Sara. Nicht so aufregend.«
»Ich bin sehr froh, dass du das sagst. Dann habe ich die richtige Entscheidung getroffen!«
»Wie meinst du das?«
Helene schwieg. Wahrscheinlich sahen sie sich tief in die Augen, vermutete Kim.
Dann fasste sich Opa Rainer erneut ein Herz. »Wo bist du damals nur hin? Wir hätten alles gemeinsam durchgestanden, egal was. Unsere Liebe war so groß wie ein Berg, das dachte ich zumindest. Unerschütterlich und stark.«
»Es ist alles lange her. Das, was ich dir jetzt sage, wird dir sehr wehtun und du wirst es nicht gerne hören. Bist du sicher, dass ich weitererzählen soll?«
»Ganz sicher«, antwortete Opa Rainer mit brüchiger Stimme. Kim fand, er klang alles andere als sicher.
»Mein Biene-Maja-Eis! Es ist auf dem Boden. NEEEIIIIIN!«, brüllte das Kind am Nebentisch in diesem Augenblick.
»Hugo-Oskar!«, rief die Mutter des kleinen Jungen erschrocken. »Du Armer. Ist die Eisbiene auf den Boden geflogen? Das ist ja auch klar. Der Tisch wackelt und dieser Becher ist auch gar nicht gut für Kinder. Der rutscht auf dem Glastisch

hin und her. Du kannst gar nichts dafür, mein kleiner Liebling.« Sie blickte sich um und winkte den Kellner heran. »Würden Sie bitte *sofort* für Ersatz sorgen? Mein Sohn hat durch *Ihre* grobe Fahrlässigkeit sein Eis fallen lassen. Und er darf sich nicht aufregen. Sonst bekommt er überall Pusteln im Gesicht. Würden Sie sich also beeilen? Sonst schreibe ich in meinem Blog einen Kommentar darüber, wie Kinder hier behandelt werden. Und ich habe 1.000 Follower. Nur damit Sie das wissen!«

Der Kellner blickte von der Mutter zum schreienden Hugo-Oskar, der sich mittlerweile auf dem Boden wälzte, mit den Fäusten gegen den Tisch trommelte und damit den Cappuccino der Mutter zum Überschwappen brachte.

»Ich bin schuld an diese Eismisere?«, fragte der italienische Kellner und zuckte mit den Schultern. »Nicht dass ich wüsste, Signorina, aber wenn Sie wünschen, bringe ich *subito* ein neues Eis.« Er eilte davon, sichtlich froh, das Geschrei von Hugo-Oskar nicht mehr direkt neben sich zu haben.

»Mein Eis«, schrie Hugo-Oskar in Dauerschleife weiter. »Ichwillichwillichwill ein neues Eis!«

»Aber Hugoleinchen«, säuselte die Mutter nun. »Du tust dir doch weh. Setz dich hin, gleich kommt das neue Eis.«

Die drei !!! sahen sich an. Dank Hugo-Oskar hatten sie nun überhaupt nicht mehr mitbekommen, was Helene Opa Rainer hatte sagen wollen.

Wo waren die beiden überhaupt? Kim warf einen Blick in den Spiegel. Der Tisch, an dem sie gesessen hatten, war leer.

Mist. Hugo-Oskar und sein Geschrei hatten die beiden vertrieben.
Franzi und Marie hatten es auch bereits bemerkt und schulterten ihre Rucksäcke.
»Jetzt werden wir wohl nicht so schnell erfahren, was Helene Opa Rainer –«
»Vorsicht bitte!« Der Kellner balancierte nun einen riesigen Eisbecher an Hugo-Oskars Platz.
»Das wurde aber auch Zeit!«, herrschte die Mutter den Kellner an, der sich sofort umdrehte und mit den Augen rollte.
»Schau mal, mein Schatz«, versuchte Hugo-Oskars Mutter ihn dazu zu bewegen, unter dem Tisch hervorzukommen.
»Die Willi-Eisbiene ist nun auch noch dazugeflogen. Lecker, lecker.«
»Nichts wie raus«, meinte Marie. »Den Terrorzwerg halte ich beim besten Willen nicht mehr aus.«
Noch bevor sie zur Tür hinaus waren, hörten sie Hugo-Oskar noch zetern: »Willi ist blöd. Ich mag kein Willi-Eis haben! Ich will zwei Mal Maja.«
»Was für eine Pleite! Hugo-Oskar hat uns alles verdorben.«
Franzi stampfte leicht mit dem Fuß auf, so sehr ärgerte sie sich.
»Helene und Opa Rainer sehe ich nicht mehr. Ich würde vorschlagen, wir gehen durch den Jakobipark zurück. Das würde ich machen, wenn ich so bewegende Dinge zu klären hätte«, meinte Kim.
»Dann würde ich vorschlagen, du triffst dich nachher mit David dort.« Marie zwinkerte Kim zu.

Die kniff die Augen zusammen und funkelte ihre Freundin an. »Halte dich da bitte raus.«

»Ich versuche es, wirklich. Manchmal sprudelt es einfach so aus mir heraus! Aber du hast schon recht. Wir sollten diesen Weg nehmen.«

»Wisst ihr, was mich wundert? Falls unsere Vermutung stimmt und die beiden gemeinsame Sache als Gaunerpärchen gemacht haben, warum ist Opa Rainer dann nicht viel entsetzter, dass sie mit der ganzen Beute abgehauen ist? Denn gerade sieht das doch ganz danach aus.« Franzi sah Kim und Marie an. »Findet ihr das nicht auch komisch?«

»Absolut. Das passt nicht zusammen. Allerdings muss Opa Rainer in die Sache verstrickt sein. Denkt daran, dass alle Einbruchsopfer seine Kunden waren. Und an das rote Haar an dem Ballon«, antwortete Kim.

»Es bleibt dabei«, sagte Marie. »Wir brauchen einfach mehr Informationen. Es wird immer rätselhafter. Dieser Fall ist noch lange nicht gelöst.«

Wenig später standen die drei wieder einmal vor dem *Bild&Schön.* Im Jakobipark hatten sie die beiden nicht gesehen, obwohl sie auch am romantischen Seerosenteich gesucht hatten. Auf der Fußmatte lag eine halb verwelkte rote Rose. Kim hob sie auf. »Die hatte Opa Rainer vorhin im Knopfloch. Er ist schon hier! Und wenn wir Glück haben, ist er nicht allein.«

»Du meinst, sie sind beide hier? Helene und er?« Marie drückte die Tür auf.

»Warte«, sagte Franzi. »Wenn das stimmt, sollten sie uns besser nicht bemerken.«

Marie und Kim nickten.

Im Verkaufsraum stand Anne Lindemann hinter dem Tresen und hatte ein zerlegtes Fotostativ vor sich liegen. »So, jetzt noch dieses Ding hier reparieren und dann können wir loslegen und die Bilder für den Flyer machen. Ich hoffe, ihr habt euch nicht gelangweilt?«

Kim lachte. »Nein, ganz sicher nicht. Keine Panik.« In diesem Augenblick hörte sie aus der Küche zwei Männerstimmen. Die eine war eindeutig Opa Rainers, aber die andere kannte sie nicht.

Davids Mutter schien Kims Blick verstanden zu haben, denn sie sagte: »Opa Rainer hat Besuch. Sein Bruder Bruno ist da.«

»Nur Bruno?«, fragte Kim enttäuscht nach.

Wie war das denn so schnell gegangen? Sie hatten sich doch gleich auf den Weg zurück ins Studio gemacht. Merkwürdig ...

»Ja, nur Bruno«, antwortete Anne Lindemann. »Warum? Ach ja, Iris ist natürlich noch da. Aber sie werkelt mal wieder etwas im Keller. Keine Ahnung, was. Ausmisten, hoffe ich!« Sie grinste schief. »Bei den ganzen Baustellen hier oben bin ich heilfroh, dass sie sich um den Keller kümmert. Das würde ich nicht auch noch schaffen! Wollt ihr etwas trinken?«

Sie nickten und Anne Lindemann klopfte an die Küchentür. »Darf ich kurz stören? Ich will unseren fleißigen Helferinnen ein Mineralwasser aus dem Kühlschrank holen!«

»Kim, Franzi und Marie?«, fragte Opa Rainer. »Ach, das ist

aber nett! Komm, Bruno, die drei möchte ich dir gerne vorstellen. Sie werden dir gefallen!«

Die Brüder traten aus der Küche, jeder ein Glas Weißwein in der Hand, und gingen auf die drei !!! zu, die es sich mittlerweile auf der Sitzgruppe bequem gemacht hatten. Anne reichte ihnen drei Gläser und eine Karaffe mit Wasser.

»Das sind die berühmten Detektivinnen. Sie nennen sich *Die drei !!!*«, erklärte Opa Rainer. Dann deutete er auf Kim. »Und Kim ist Davids Freundin. Nur deswegen haben wir das große Glück, dass wir in ihnen so tolle Helferinnen für die Wiedereröffnung haben.«

Kim stand auf und gab Bruno die Hand. Es war verblüffend, wie ähnlich sich die beiden Brüder sahen. Dieselbe lustige Kartoffelnase und die gleichen roten Haare. Nur war Bruno ein paar Jahre älter und hatte einen Vollbart. »Schön, Sie kennenzulernen«, sagte sie.

Bruno gab auch Franzi und Marie die Hand. »Wir plaudern ein wenig über alte Zeiten«, sagte Bruno. »Rainer und ich haben uns nicht immer so gut verstanden und deshalb haben wir einige Lücken zu füllen.«

Iris stand plötzlich neben ihnen. Ihr Pullover und ihre Hose waren ganz staubig und ihre Stirn schweißüberströmt. »Willst du mich nicht vorstellen?«, sagte sie mit vorwurfsvollem, schneidendem Ton. »Schließlich kenne ich Bruno nicht.« Sie lachte heiser und jeder im Raum bemerkte, wie sauer sie auf Opa Rainers Verhalten war.

Doch irgendetwas irritierte Kim. Iris' Entrüstung kam ihr gespielt vor. Sie wusste nicht genau, warum, aber sie war nicht in diesem Maße aufgewühlt, wie sie sie bei der Kistenverwechslung erlebt hatte. Mm. Vielleicht war sie auch von der schweren Arbeit im Keller zu erledigt.

»Setzen Sie sich doch!« Kim bot Iris ihren Stuhl an.

Doch Iris wehrte energisch ab. »Nein, nein, für den roten Samt bin ich viel zu schmutzig.«

»Ich verstehe auch nicht, dass du dir da unten im Keller nicht helfen lassen willst«, meinte Opa Rainer. »Das ist viel zu schwer für dich.«

Kim beobachtete, dass Iris Bruno einen versteckten Blick zuwarf. Und er erwiderte ihn.

Doch es war nur ein winziger Augenblick eines Gesprächs ohne Worte, das Kim nicht richtig verstand. Oder täuschte sie sich?

Iris schüttelte den Kopf. »Nein, den Keller habe ich übernommen und ich ziehe das auch alleine durch. Ich war Malerin und ich habe überhaupt keine Angst vor Schmutz und groben Arbeiten. Kümmere du dich lieber um deine Ausstellung. Du bist der Künstler und ich halte dir den Rücken frei. So hatten wir es besprochen und so machen wir es auch weiter!

Sie strich Opa Rainer über den Kopf. Der zuckte ob der unerwarteten Berührung erst ein wenig zusammen, lächelte dann aber freundlich. »Ich bin dir wirklich sehr dankbar«, sagte er leise.

Kim konnte sich vorstellen, wie furchtbar sich Opa Rainer in diesem Moment fühlen musste. Gerade war er noch mit seiner alten großen Liebe Eisessen gewesen. Das war schon genug

Grund für ein schlechtes Gewissen Iris gegenüber. Aber nun schuftete Iris unablässig für ihn und das Fotostudio seiner Tochter. Das machte die Sache mit den Schuldgefühlen sicher nicht besser.
Bruno stellte sein Weißweinglas auf den Tisch und wandte sich Iris zu. »Ich habe keine Angst, schmutzig zu werden, und ich freue mich sehr, die fleißige Freundin meines Bruders kennenzulernen.«
Iris' Augen begannen zu strahlen. »Ich freue mich auch!« Sie fuhr sich durch die staubigen Haare und eine dicke Fluse schwebte zu Boden.
Kim kniff die Augen zusammen. Sicher hatte sie sich vorhin getäuscht. Das hier wirkte nun so gar nicht, als ob die beiden sich vorher schon mal gesehen hatten.
Kim Jülich!, schalt sie sich innerlich. Du musst dich dringend wieder auf die Fakten konzentrieren und keine Dinge sehen, die überhaupt nicht da sind.
»Es klappt!« Anne Lindemann winkte aus dem Fotostudio. »Darf ich meine Models zu mir bitten? Die Flyer sollen nämlich morgen in allen Briefkästen liegen!«

Anne Lindemann fotografierte sie noch zwei Stunden in den unterschiedlichsten Kostümen, bis sie zufrieden mit dem Material war.
Kim fand das ständige Umziehen und Posieren ziemlich anstrengend. »Wie kann sich überhaupt ein einziges Mädchen wünschen, Modell zu werden? Das ist ja ein Knochenjob. Ich

tausche freiwillig mit Iris«, stöhnte sie, als sie sich aus dem antiken Taucheranzug pellte.
»Ich finde es toll. In jedem Kostüm kann man sich vorstellen, jemand ganz anderer zu sein«, schwärmte Marie, die sich gerade abschminkte.
Kim warf einen Blick auf das Kostüm, in dem sie gerade fotografiert worden war. »Du wünschst dir im Ernst, ein Marienkäfer zu sein? Also ich weiß nicht ...«
Marie kicherte. »Ach, wieso nicht!« Sie sah auf die Uhr. »Holger holt mich gleich ab. Ich gebe zu, da lass ich den Käfer lieber hier und bleibe nur bei Marie!« Sie sprang auf, nahm ihren Rucksack und winkte zum Abschied.
Kim schloss die Augen. Aua! Da war es wieder. Sie spürte es im Herzen und im Bauch! Eine fiese David-Sehnsuchts-Welle.
Sie hakte Franzi unter. »Ich lade dich auf einen Burger ins *Café Lomo* ein. Trostessen. Weil unsere Freunde so weit weg sind. Deiner in Amerika und meiner innerlich!« Sie klopfte sich theatralisch aufs Herz. »Einverstanden?«

Ringlein, Ringlein …

»Wann kommt David wieder?« Ben stand mit den Trümmern seines Lego-Star-Wars-Raumschiffes neben Kim am Frühstückstisch und sah sie unglücklich an. »Der Todesstern muss nach Alderaan. Und nur David weiß, wie man das wieder richtig macht. Außerdem brauche ich seine Tipps, um Lukas zu besiegen.«
Kim rollte mit den Augen und biss von ihrem Käsebrot ab. »Da wirst du wohl im Internet suchen müssen. Bestimmt gibt es auf *metube* ein Todessternaufbau-Tutorial.«
»Ich will aber David«, maulte Ben weiter. »Da ist es mal gut, dich zu haben, weil du einen super Freund hast, und dann streitest du dich einfach mit ihm. Du bist blöd.«
Na toll, nun mischten sich sogar ihre Brüder in die Sache mit David ein. Und sie waren auf *seiner* Seite. Gab es eigentlich irgendjemanden, der zu ihr hielt?
Hastig trank sie ihren Orangensaft leer.
»Dann müsst ihr eben Ninjas weiterspielen«, antwortete sie ungerührt.

Ben blickte zu Boden und schob die Unterlippe vor. »Geht nicht. Pablo hat unsere schwarzen Trainingsanzüge in den Garten geschleppt und Löcher reingebissen.«
»Ja, er liebt alles, was stinkt.«
Ben verzog wütend das Gesicht. »Mama! Kim ist schon wieder supergemein zu mir. Dabei wollte ich nur fragen, wann David wiederkommt.«
Kim räumte ihren Teller und ihr Glas in die Küche. Nur schnell weg, bevor Mama die Treppe herunterkam und sie vielleicht auch noch zu der vermasselten Englisch-Abfrage interviewen konnte ...

Statt Englisch hatten sie zwei Stunden Vertretung. Zu blöd. Eigentlich hatte Kim das Referat klarmachen wollen, um die schlechte Abfrage auszugleichen. Dann musste das wohl warten. Als sie nach Schulschluss die Treppen hinunterlief, summte ihr Handy. Davids Erkennungsmelodie.
Erst überlegte sie, nicht mal daraufzusehen, war aber dann doch zu neugierig.
Das, was als Pop-up zu lesen war, erschreckte und ärgerte sie gleichzeitig.
Einbruch ... Bitte kommt so schnell wie möglich!
War das ein Trick, um sie zu sehen? Wenn ja, war das wirklich unter aller Kanone. Denn David wusste genau, dass sie sofort darauf anspringen würde, wenn es etwas Detektivisches zu tun gab.
Kim knirschte mit den Zähnen. Eigentlich hatte sie sich vor-

genommen, heute nur im Garten zu sitzen, ihr Referat vorzubereiten und möglichst weit weg vom *Bild&Schön* und von David zu sein. Und vor allem von ihren Gefühlen zu David.
Das war nun doppelt vermasselt. Schnell schrieb sie erst eine Nachricht an ihre Mutter, dass sie nicht zum Mittagessen kommen würde, und dann eine an Franzi und Marie. Hoffentlich hatten die beiden Zeit …

»Ich bin so froh, dass du da bist!« Davids Mutter stand vor dem Fotostudio und wartete auf Kim. Sie umarmte sie kurz und Kim merkte, dass sie am ganzen Körper zitterte. Dabei hatte es heute um die dreißig Grad im Schatten.
Kim strich ihr beruhigend über den Arm. »Das ist gerade alles ein bisschen viel, oder?«
Anne Lindemann nickte. »Viel zu viel. David müsste auch gleich kommen. Ich hatte ihn gebeten, dich zu kontaktieren. In der Aufregung habe ich mein Handy irgendwohin gelegt und finde es nicht mehr.«
»Und ich habe Franzi und Marie Bescheid gesagt. Die treffen bestimmt jeden Moment hier ein.«
Kim hatte den Satz noch nicht beendet, da sausten Marie und Franzi gleichzeitig um die Ecke.
Anne Lindemann begrüßte sie.
»Was ist denn überhaupt passiert?«, fragte Kim.
Anne Lindemann atmete tief ein. »Alles und nichts! Über Nacht wurde hier eingebrochen. Die Sachen sind völlig durcheinandergeschmissen. Ein Albtraum, denn ich habe gerade

Land gesehen mit dem Ordnen und Strukturieren. Jetzt kann ich wieder von vorne anfangen.«
David kam aus dem Studio und legte den Arm um seine Mutter. »Dabei kann ich dir doch helfen«, sagte er freundlich.
Kim konnte nicht anders, als ihm zustimmend zuzunicken.
»Ist etwas gestohlen worden?«, fragte Franzi.
»Das ist es ja gerade. Ich bin mit meinem Vater durch alle Räume und sowohl meine Sachen als auch seine scheinen vollständig zu sein. Die Polizei war auch schon da. Sie haben Fotos von allem gemacht und sind wieder gegangen. Es fehlt nichts.«
»Das ist wirklich merkwürdig«, überlegte Marie. »Schließlich sind die Kameras und die Objektive viel wert. Ein Einbrecher würde solche Sachen doch zuerst mitnehmen.«
»Deswegen habe ich gleich an euch gedacht. Würdet ihr euch das Durcheinander mal ansehen? Ihr habt in letzter Zeit auch so viel Zeit im Studio verbracht. Vielleicht entdeckt ihr etwas, was mir oder meinem Vater entgangen ist?«
»Oder mir«, gab David zerknirscht zu.
Die drei !!! sahen einander an und nickten.
»Klar. Wir helfen gerne!«, sagte Marie im Namen aller.

Kim schluckte, als sie das Studio betrat. Es sah aus, als hätten ihre beiden Brüder einen Ninja-Spiele-Nachmittag mit hundert ihrer wilden Freunde veranstaltet. Und danach versucht, mit Pablo eine Knochenschnitzeljagd zu machen. Mit anderen Worten: Sie blickte auf das größtmögliche Chaos, das sie sich vorstellen konnte.

»Oh weia!«, hörte sie Marie neben sich flüstern.
»Hoppla«, meinte Franzi. »Wie können Sie überhaupt wissen, dass da nichts fehlt? Mir kommt es so vor, als hätten die Einbrecher etwas dazugestellt.«
Kim und Marie kicherten.
Kim sah sich um. Weder Anne noch David waren ihnen gefolgt.
»Wo wollen wir beginnen? Wir brauchen eine Strategie!«
»Wenn wir recht haben und Helene und Opa Rainer in den damaligen Herzluftballonfall mit verstrickt sind, dann müssen wir versuchen, uns möglichst alleine hier umzusehen. Also ohne Opa Rainer«, überlegte Marie.
»Könnte das Ganze ein Ablenkungsmanöver sein?«, fragte Franzi. »Aber wenn ja, wofür? Es ist wirklich Mist, dass das Gespräch gestern von Hugo-Oskar an der wichtigsten Stelle unterbrochen worden ist. Sonst wüssten wir, ob es vielleicht noch einen Rest Beute gibt. Die Liebesbriefe waren ja nur Gesäusel. Da haben wir nichts, aber auch gar nichts erfahren.«
»Franzi, du bist genial! Rest der Beute? So könnte es sein. Hier wurde wirklich nichts entwendet, sondern etwas hinzugefügt. Helene hatte noch Schmuckstücke und Opa Rainer hat sie versteckt. Und um uns und alle anderen von dem Fall abzulenken, hat er dieses Chaos veranstaltet.« Kim klopfte Franzi auf die Schultern.
»Dann suchen wir nach dem Schatz und nicht nach etwas, das fehlt?« Marie zog sich die neuen Glitzerballerinas aus und schlüpfte in weiße Sneaker, die sie im Rucksack hatte. »Was?«, fragte sie, als sie merkte wie Franzi und Kim sie verständnislos

anstarrten. »Die können in die Waschmaschine, die Ballerinas nicht …« Sie schüttelte den Kopf. »Wir fangen mit dem Keller an«, beschloss sie. »Da ist es schön kühl!«

Sie stiegen die Treppe hinunter und auf jeder Stufe wurde es gefühlt ein Grad kälter. Herrlich!
Auch im Keller war eine heillose Unordnung. Die Schubladen des hohen Schranks waren aufgezogen und die Hängeregister quollen heraus. Alte Kartons und Kisten waren umgestoßen und Berge von kleinen, schwarzen Filmdosen waren herausgekullert. Fotonegative ringelten sich in langen Schlangen und hingen aus den Regalen. Ein alter Diaprojektor lag zerschmettert auf einem Tisch. Am schlimmsten war der Boden behandelt worden. Tiefe Risse und Löcher ließen ihn wie einen zerfurchten Acker aussehen.
Plötzlich stand Opa Rainer hinter ihnen.
»Ahhh!«, entfuhr es ihm.
Kim wandte sich ruckartig um. Mist! Gerade Opa Rainer. Den konnten sie jetzt gar nicht brauchen.
Soweit Kim das im fahlen Kellerlicht beurteilen konnte, war Opa Rainer kreidebleich und seine Augen glänzten, als würde er jeden Augenblick anfangen zu weinen.
»Das ist schrecklich. Wer tut denn so was?«, murmelte er. »Ich verstehe es nicht. Das ist richtig gruselig. Wenn wenigstens das Geld, das auf dem Küchentisch gelegen hat, weg wäre. Aber so? Völlig sinnlose Zerstörungswut.« Er bückte sich nach einem Holzhocker, der in der Ecke lag, und ließ sich darauf-

sinken. »Ich glaube, ich würde am liebsten nach Hause. Ich dachte immer, ich habe gute Nerven, aber wisst ihr, das halte ich schlecht aus. Seht euch den Boden an.« Er vergrub das Gesicht in den Händen.

Opa Rainer tat Kim leid. Er wirkte wirklich fix und fertig. Allerdings durfte sie sich auch nicht von ihm um den Finger wickeln lassen. Er und Helene waren schließlich die Hauptverdächtigen im Fall Herzluftballon. Und das nicht ohne Grund!

Kim stieg über die Sachen. Das Merkwürdigste war wirklich der Boden. Wenn jemand es auf Chaos abgesehen hatte, warum machte er sich die Mühe, mit einer Hacke oder einem ähnlichen Werkzeug den Estrich zu bearbeiten?

Mit dem Fuß schob sie ein paar Akten und eine umgekippte Kiste zur Seite und besah sich die Löcher genauer. Hier war nicht gezielt gegraben worden. Eher hektisch und planlos.

»Sieht mir nicht so aus, als wäre hier ein Schatz versteckt worden«, flüsterte Marie Kim zu, als hätte sie ihre Gedanken erraten. »Hier hat jemand etwas gesucht.«

Kim nickte und sah zu Opa Rainer hinüber. Der saß immer noch bewegungslos auf dem Hocker und starrte geradeaus.

Sie kniete sich hin und wühlte mit der Hand in den Erd- und Steinbrocken.

»Warte mal!«, sagte Franzi aufgeregt. »Da war was!«

Kim zog die Hand zurück und sah Franzi an.

Die kniete sich neben sie und begann, die Steine Stück für Stück zur Seite zu räumen. »Da hat was geglänzt«, behauptete sie.

Wenig später hielt sie einen runden Ohrring nach oben. »Na also!«
»Das ist eine Creole«, meinte Marie fachmännisch.
»Ich verstehe gar nichts mehr«, murmelte Opa Rainer leise. »Wie soll denn hier in den Keller irgendein Schmuck kommen?«
»Gehört der Ohrring möglicherweise Iris?«, fragte Kim.
Opa Rainer zuckte mit den Schultern. »Ich glaube nicht, dass sie solche Ohrringe hat. Beschwören kann ich es jedoch nicht!« Er versank wieder in seine Traurigkeitsstarre.
Die drei !!! sahen sich an. Spielte der alte Mann wirklich so gut Theater? Oder fühlte er sich in Sicherheit? Sein Verhalten verwirrte sie ganz schön.
»Wir zeigen die Creole mal Ihrer Tochter«, meinte Franzi. »Vielleicht hat sie sie hier unten verloren.«
Ohne eine Antwort von Opa Rainer abzuwarten, gingen sie mit ihrem Fund nach oben.
»Bevor wir den Ohrring Davids Mutter zeigen, möchte ich erst noch mal in die alte Fallakte schauen.« Kim ging in die Küche, wo sie ihre Rucksäcke abgestellt hatten. »Ich habe da so eine Erinnerung, dass bei dem einen Einbruch auch goldene Creolen unter dem Diebesgut waren.«
Sie blätterte die Seiten durch. »Wusste ich es doch!« Sie zeigte Marie und Franzi ein Foto von Gertrud Gottwalt, das sie am Strand mit goldenen Creolen zeigte. »Hier. Die sehen genau so aus, oder?«
Franzi holte ihr Handy heraus. »Das Foto habe ich gemacht.

Vielleicht kriegen wir den Ohrring noch ein wenig größer?« Sie suchte das Bild und zoomte es so weit wie möglich heran.
Marie schüttelte den Kopf. »Es ist unmöglich zu sagen, ob es derselbe Ohrring ist. Goldene Creolen gibt es wie Sand am Meer.«
»Aber es könnte sein. Das würde allerdings bedeuten, dass der Schmuck dort unten im Keller versteckt war. Und das passt nicht mit Opa Rainers Aussage gegenüber seinem Bruder zusammen, dass er denkt, Helene hätte alles Geld verprasst.«
»Er wirkt auch nicht so, als hätte er gewusst, dass im Keller Schmuck versteckt ist«, pflichtete Franzi Kim bei.
»So langsam glaube ich, dass der mysteriöse Einbruch vielleicht gar nichts mit unserem Fall zu tun hat«, meinte Kim. »Das könnte alles auch nur ein echt dummer Zufall sein.«
Marie und Franzi grinsten.
»Und warum glauben *wir* dir kein kleines bisschen, dass *du* daran glaubst?« Franzi packte ihr Handy wieder weg.
»Weil wir dich manchmal besser kennen als du dich selbst!«, sagte Marie.

Die Libelle und die Wanze

Anne Lindemann beteuerte, dass sie die Creole noch nie gesehen hatte. Also packte Kim sie zu der Herzluftballonfallakte. Danach halfen sie noch eine Stunde beim Aufräumen, wobei Kim immer sehr darauf achtete, niemals mit David allein zu sein.

Leider konnten sie anschließend kein Detektivtreffen abhalten. Kim hätte liebend gerne mit Marie und Franzi besprochen, wie die Ermittlungen nun weitergehen sollten, aber die beiden hatten für den Abend andere Pläne. Dann würde sie eben alleine versuchen, die gesammelten Fakten und Vermutungen zu ordnen und ihnen einen Sinn zu geben.

Franzi, deren Vater Tierarzt war und oft eine ganze Reihe von bedürftigen Tieren zur Pflege bei sich hatte, hatte ihm versprochen, sie heute zu versorgen. Ihre Eltern wollten zusammen essen gehen und danach noch ins Kino. Solche Abende gab es nicht so häufig im Hause Winkler und Franzi ermöglichte sie ihnen gerne. Vor allem seit ihr Vater einen Praktikanten hatte, Paul, mit dem sie sich richtig gut verstand, war sie öfter in der

Praxis anzutreffen. Sie stellte ihm die ein oder andere Frage über ihr Pony Tinka und ihr Huhn Polly. Paul war toll, und insgeheim schwärmte Franzi ein wenig für ihn, aber nun würde Blake bald wieder aus Amerika kommen, und sie merkte, dass diese Tatsache ihrem Herzen alles andere als egal war.

Marie hatte sich zu einem Abendspaziergang mit Holger verabredet. Seit Holgers Mutter mit Maries Stiefmutter zusammenarbeitete und den Bürokram für ihr Öko-T-Shirt-Label übernommen hatte, musste sich Holger verstärkt um seine beiden Geschwister kümmern und hatte weniger Zeit für Marie als vorher. Was besonders ärgerlich war, denn Marie und ihre Familie hatten das Betreuungsproblem mit ihrem kleinen Bruder Finn gerade gelöst, indem Tessas Eltern, Oma Agnes und Opa Herbert, in die Nähe gezogen waren.

Es war wie verhext! Umso wichtiger war es Marie, die wenige Zeit, die sie miteinander hatten, zu genießen.

»Bis morgen dann!« Kim winkte ihren Freundinnen zu, die gleichzeitig aufs Rad stiegen. Sie selbst wollte noch ein wenig spazieren gehen, um ihre Gedanken zu ordnen.

Plötzlich sah sie, dass Marie scharf bremste und nach ihrem Handy suchte. Erst lächelte Marie, doch je länger das Gespräch dauerte, desto wütender wurde ihr Gesichtsausdruck.

Marie stopfte ihr Handy zurück und blickte sich um. Als sie Kim bemerkte, radelte sie zu ihr.

»Rate mal, wer mir gerade abgesagt hat«, murrte sie. »Und vor allem: weswegen.«

Kim musste nicht lange überlegen. »Holger muss auf die Zwillinge aufpassen, weil seine Mutter noch im Pop-up-Store arbeiten muss?«, riet sie und grinste.
»Volle Punktzahl«, antwortete Marie bitter. »Da kann man noch so beziehungsfähig sein. Wenn aber die Familien um einen rum beziehungs*un*fähig sind – keine Chance! Hinterher muss er sogar noch für eine Mathearbeit büffeln. Es läuft in der Schule gerade nicht so gut –«
»Ärgere dich nicht!« Kim hielt Marie den angewinkelten Arm hin. »Darf ich Ihnen einen Spaziergang in meiner Begleitung anbieten, Gnädigste?« Sie machte einen Diener und kicherte.
»Aber sehr gerne, meine Teuerste!« Sie hakte sich bei Kim unter und sie gingen in Trippelschritten die Straße hinunter.

Vor einem Juweliergeschäft in einer der Seitenstraßen blieb Marie plötzlich stehen. Sie deutete auf eine Kette mit einem Libellenanhänger aus Granatsteinen. Einer der großen Steine war dunkler als die anderen.
»Das ist sie«, hauchte Kim. »Die Kette von Lillis Oma. Aber wie kommt die in diesen Laden? Sie ist doch nicht neu?«
Marie deutete auf ein Schild am Eingang. *Goldrausch. Wir verkaufen Ihren Schmuck!* »Deswegen.«
»Dann hat Helene damals nicht die ganze Beute mitgenommen? Und sie hat sie vergraben?«, überlegte Franzi.
»Könnte es vielleicht sein, dass das Helene alleine war? Und Opa Rainer gar nicht wusste, dass noch Schmuck in seinem Laden versteckt ist?«, überlegte Kim.

Maries Augen wurden groß. »Na klar! Sie hat jetzt erst verstanden, dass sie handeln muss, weil der Laden gerade übergeben wird. Vielleicht braucht sie auch einfach Geld. Und wollte mit der Verwüstung nur ablenken? Das wäre aber ganz schön berechnend.«
»Das passt doch zu ihr«, meinte Kim. »Schließlich ist sie damals einfach abgehauen, als es brenzlig wurde.«
»Stimmt schon. Sie ist eben nur so eine nette und vornehme Dame. Da lässt man sich leicht täuschen.« Sie deutete auf einen Mann, der gerade anfing, im Schaufenster Schmuck neu zu ordnen. »Das trifft sich prima. Den fragen wir gleich!«

»Kann ich euch helfen?« Der Verkäufer lächelte freundlich und deutete auf die feine Goldkette um Maries Hals. »Schönes Stück! War sicher nicht ganz billig!«
Marie griff die Kette und spielte mit dem Diamantanhänger in Herzform. »Ist ein Erbstück. Von meiner Mutter. Sie lebt leider nicht mehr«, sagte sie traurig.
»Das tut mir sehr leid!« Der Verkäufer machte ein bestürztes Gesicht. »Dann willst du sie ja sicher nicht verkaufen, richtig?«
Marie schüttelte den Kopf. »Wir interessieren uns für die Libellenkette im Schaufenster!«
»Na, so was! Die habe ich heute Morgen erst hereinbekommen. Die ist wirklich sehr schön. Aber *auch* nicht ganz billig.« Er holte die Kette aus dem Fenster und legte sie auf ein silbernes Tablett.

Kim nahm sie und hielt sie an Marie. »Steht dir.«
»Das sind Granatsteine in Gold gefasst. Von einem berühmten Berliner Goldschmied in den Zwanzigerjahren gefertigt.« Der Verkäufer blickte das Schmuckstück selbst ganz verliebt an.
»Können Sie uns sagen, wer die Kette gebracht hat?«, fragte Marie.
»Das darf ich leider nicht. Wir müssen diskret bleiben. Schmuck verkaufen ist eine sehr persönliche Angelegenheit, und so manch einer leidet sehr darunter, wenn er dazu gezwungen ist«, versuchte der Verkäufer, dem sie Sache sichtlich unangenehm zu sein schien, zu erklären.
Kim überlegte, warum. Ob er so viel Mitleid mit den Kunden hatte, die ihren Schmuck hergeben mussten? Oder tat es ihm leid, dass er ihnen keine Auskunft geben durfte?
»Sie haben uns trotzdem sehr weitergeholfen«, sagte Kim. »Darf ich die Kette fotografieren, um sie meiner Mutter zu zeigen?«
»Selbstverständlich«, sagte der Verkäufer. »Die Dame, die die Kette heute Morgen gebracht hat, wollte morgen Nachmittag noch mehr Schmuck vorbeibringen. Vielleicht sind ja noch passende Ohrringe dabei?« Er erschrak ein wenig und hielt sich die Hand vor den Mund. »Ups, das hätte ich euch eigentlich auch nicht verraten dürfen. Bitte behaltet die Information für euch.«
Kim, die sofort wusste, dass sie dieser Bitte auf keinen Fall nachkommen konnte, tat so, als wäre ihr etwas auf den Boden gefallen, das sie aufheben musste.

Marie nickte halbherzig und murmelte etwas Unverständliches.
»Wir kommen morgen wieder und sagen Bescheid, ob wir die Kette nun kaufen oder nicht«, meinte Kim schnell.
Plötzlich hatten sie es eilig, aus dem Laden zu kommen.

»Wunderbar!« Kim strahlte übers ganze Gesicht. »Etwas Besseres hätte uns gar nicht passieren können. Alle Fakten haben sich von allein geordnet.«
Marie sah Kim verwirrt an. »Ich verstehe nicht ganz.«
»Jetzt müssen wir nur noch drei Schritte unternehmen und wir haben den Fall gelöst«, sagte Kim selbstsicher. »Erstens: Wir schicken das Foto der Kette an Lilli. Die soll es ihrer Oma zeigen und die soll uns bestätigen, dass es sich wirklich um ihre Libellenkette handelt. Das ist aber reine Formsache, wie ich meine. Zweitens: Wir gehen zu Kommissar Peters und berichten ihm alles, was wir herausgefunden haben. Vorher allerdings müssen wir überhaupt erst einmal beichten, dass wir den Fall neu aufgerollt haben. Dieser Teil könnte ein wenig unangenehm werden. Viertens –«
»Du hast vor lauter Begeisterung drittens vergessen«, bremste Marie.
»Ach ja, drittens müssen wir uns morgen nur noch in das kleine Café gegenüber dem Juwelier setzen und warten, bis Helene kommt und sich verrät. Und dann können wir sie überführen. Mit Beweisen, denn ich habe gerade eine kleine Wanze beim Juwelier angebracht.«

»Dein Ernst? Du hattest eine Wanze dabei?«

»Ich bin immer gut ausgerüstet. Das weißt du doch!« Kim öffnete die vordere Tasche ihres Rucksacks. Lupe, Fingerabdruckpulver, Tüten für Beweisstücke, Tesafilm, Schere und noch einiges mehr, was man als Detektivin brauchen konnte, waren feinsäuberlich verpackt und griffbereit.

»Ich bin beeindruckt!« Marie klopfte Kim auf die Schulter. »Dein Plan könnte aufgehen. Und wenn wir Helene haben, dann haben wir auch Opa Rainer.«

»Rainer macht mir allerdings echte Bauchschmerzen«, meinte Kim. »David hält so große Stücke auf ihn. Wenn er erfährt, was sein Opa getan hat, bricht eine Welt für ihn zusammen.«

»Dann solltest du wenigstens eure Beziehungswelt wieder aufbauen, meinst du nicht?«

»Nur weil David mir leidtut, heißt das nicht, dass ich verstehe, was er gerade mit dieser Viola abzieht«, zeterte Kim sofort los.

»Schon gut, schon gut. Friede!« Marie machte mit den Fingern das Peace-Zeichen.

»Ich übernehme jetzt erstens und schicke Lilli das Foto der Kette.« Kim nahm ihr Handy und klickte ein paar Mal. Dann sah sie auf die Uhr. »Es ist jetzt fünf. Kommissar Peters könnte durchaus noch auf dem Revier sein. Es liegt sowieso auf dem Weg. Dann übernehme ich auch gleich zweitens?«

»Alles klar. Und ich schaue im T-Shirt-Laden mal nach dem Rechten. Vielleicht kann ich Frau Kurz helfen. Und Holger doch noch für ein paar Minuten sehen, bevor er im Mathebuch untertaucht. Ich vermisse ihn echt.«

Kim hatte ihr Fahrrad beim Fotostudio stehen. Als sie das Schloss aufsperrte, sah sie durch die Scheibe David, der seiner Mutter beim Aufräumen half.
»Ich vermisse dich auch«, murmelte Kim leise und stieg auf.

Kommissar Peters war noch im Büro. Kim klopfte.
»Herein«, rief Kommissarin Aslan. Sie saß mit Kommissar Peters auf dem Sofa und beide stießen gerade mit einer Kaffeetasse an. Die Stimmung war gelöst.
»Kim, wie schön«, sagte Kommissar Peters. »Was gibt es?«
»Wir feiern gerade einen gelösten Fall!« Kommissarin Aslan zeigte auf die Kaffeetasse in ihrer Hand. »Und wir mögen beide Kaffee lieber als Sekt!«
»Ich bin gekommen, um Ihren Rat einzuholen«, meinte Kim. Kommissar Peters stand auf und ging auf Kim zu. »Höre ich recht? Ein Ausrufezeichen, das hier steht und meinen Rat einholen will. *Bevor* es etwas Unüberlegtes tut? Dass ich das noch erleben darf. Ach, es ist zu schön. Setz dich doch bitte. Magst du auch einen Kaffee oder Tee?«
»Ein Wasser wäre toll!« Kim setzte sich auf den Bürostuhl des Kommissars und rutschte mit den Pobacken hin und her. »Ich will Sie nicht enttäuschen, aber ganz so ist es nicht.« Und dann begann sie zu erzählen. Vom Tag der offenen Polizeitür, dem abfotografierten ungelösten Fall und von ihren bisherigen Ermittlungsergebnissen. Kommissar Peters' Augen wurden immer größer und ab und zu warf er einen Seitenblick auf seine Kollegin. Die lächelte Kim an und nickte aufmunternd.

»Super!«, sagte sie, als Kim fertig war. »Sehr gute Arbeit!«
»Und du findest es nicht grob fahrlässig, dass die drei einfach so drauflosermittelt haben?«, wunderte sich Peters.
»Robert J. Peters«, ermahnte Kommissarin Aslan ihn mit gespieltem Ernst. »Nein, das finde ich nicht. Eure Eigeninitiative ist großartig. Ich stelle mir gerade vor, ich hätte in diesem Alter zwei Freundinnen gehabt, die genauso an Kriminalistik interessiert gewesen wären … Ich beneide dich, Kim. Und wir unterstützen euch gerne, stimmt's?«
»Na…natürlich«, beeilte sich Kommissar Peters zu sagen.
»Die Einbrüche sind verjährt, da kann man nichts mehr machen«, überlegte Kommissarin Aslan. »Wenn das Diebesgut allerdings wieder auf den Markt geworfen wird, dann kann man diese Helene Rosenhain wegen Hehlerei dranbekommen. Hilft dir das weiter?«
Kim nickte. »Und Sie sind wirklich nicht böse, dass wir uns des alten Falles angenommen haben?«, versuchte Kim sich noch einmal zu versichern.
»Nein, gar nicht«, sagte Kommissarin Aslan. »Das ist doch wie bei *Aktenzeichen XY … ungelöst*. Nur mit sehr viel mehr Einsatz vonseiten der Bevölkerung. Versprich aber, dass du uns anrufst, wenn du uns brauchst.«
Erleichtert und beinahe beschwingt lief Kim aus der Polizeistation und informierte Marie und Franzi über das Gespräch mit den beiden Kommissaren.
Der Showdown morgen konnte beginnen.

Detektivtagebuch von Kim Jülich
Mittwoch, 19:17 Uhr

Ab jetzt sollten wir das immer so machen: einem Fall viel Zeit einräumen, dann ist er nämlich umso schneller beendet. Denn wer hätte gedacht, dass wir innerhalb von eineinhalb Wochen lösen, was vorher vierzig Jahre ungelöst war? Niemand. (Nicht mal wir selbst ...)

Woran das lag? Zum einen, glaube ich, tatsächlich an dem fehlenden Druck. Niemand wollte Ergebnisse haben und niemand war in Gefahr oder in einer Zwangslage. Das kann natürlich nicht immer so sein, das ist schon klar. Manchmal erfordert die Situation, dass man schnell handelt.

Und wir hatten enorm viel Zufallsglück. (Obwohl die meisten der Opfer umgezogen waren.) Mit Lilli und ihrer Oma. Und dass Davids Opa in die Sache verstrickt zu sein scheint und wir die Ermittlungen direkt vor unserer Nase im Fotostudio führen konnten. Fall auf dem Silbertablett sozusagen.

Deswegen haben wir ihn mehr oder weniger auch schon gelöst. Wir müssen morgen nur noch Helene Rosenhain auf frischer Tat ertappen und sie mit den Aufnahmen der Wanze konfrontieren. Sie und Opa Rainer. Und vielleicht erfahren wir dann auch, warum sie damals einfach verschwunden ist. Mit einem Teil der Diebesbeute. (Dass es nur ein Teil gewesen ist, ist jetzt erst herausgekommen. Manche Schmuckstücke waren im Kellerboden des Fotostudios versteckt.) Die beiden werden wohl verurteilt werden. Das, was sie gemacht haben, ist natürlich auch ein starkes Stück. Ich bin sehr gespannt, wie sehr Opa Rainer in die Sache verstrickt war und ist. Ich hoffe, dass er mehr aus blinder Liebe gehandelt hat, als dass er der Drahtzieher war. Ich hoffe es für Davids Mutter und natürlich auch für David!

Und noch etwas möchte ich gerne erwähnen. Die neue Frauen-Power im Polizeipräsidium gefällt mir richtig gut. Kommissarin Aslan ist ganz auf unserer Seite und hat nicht halb so viele Bedenken wie Kommissar Peters. Vielleicht wird er dadurch auch ein wenig lockerer? Das wäre schön. Wir werden die beiden anrufen, wenn wir die Täter morgen dingfest gemacht haben.

Geheimes Tagebuch von Kim Jülich
Mittwoch, 19:58 Uhr

Wer auch nur in die Nähe meines Rechners kommt, dem buche ich eine LARP-Woche zum Thema Fantasy. Da darf er sich dann als Dienstzwerg nützlich machen und den ganzen Tag abspülen.

Ich glaube, ich halte es einfach nicht mehr aus. Ich vermisse David so schrecklich. Und was, wenn er (und alle anderen ...) recht hat? Er nur mich liebt und die schöne Viola ihm schnurzpiepegal ist? Immer wenn Marie oder Franzi von Holger und Blake reden und ich das Funkeln in ihren Augen sehe, zerreißt es mir fast das Herz.

Wir hatten zwar total viel Glück mit dem Fall, aber es war kein guter Zeitpunkt, um mit David zu streiten. Denn ich bin ihm ständig unfreiwillig begegnet. Und dadurch war unser Streit auch Thema bei Marie und Franzi. (Die mich allerdings nicht so richtig verstanden haben.)

Gestern noch war ich davon überzeugt, recht zu haben. Dass David darauf Rücksicht nehmen sollte, wenn ich mir wegen Viola Sorgen mache. Und heute? Keine Ahnung ...

Am Samstag ist die Eröffnungsparty vom *Bild&Schön*. Da werde ich ihm gar nicht aus dem Weg gehen können – und vielleicht auch nicht wollen. Mal sehen. Ich schippere eindeutig in versöhnlichere Gewässer. (Oh, diese Formulierung muss ich mir unbedingt für den neuen Roman merken ;-)

Ob ich mich Samstag in einem Kleid fotografieren lasse? Mit einem Kussmundschild oder einer Sprechblase, in der »Entschuldigung« steht? Ich muss mal überlegen ...

Fang den Hut

»Hier haben wir den besten Blick!« Marie rückte die Stühle so an den kleinen Bistrotisch, dass alle den Eingang zum Juweliergeschäft gut sehen konnten. »Ich bin richtig aufgeregt! Und Kommissarin Aslan fand es wirklich gut, was wir bisher in dem Fall unternommen haben?«
Kim nickte. »Sie war sogar begeistert. Allerdings habe ich ein paar Sachen weggelassen. Wie zum Beispiel die Wanze, die ich unter der Ladentheke angebracht habe. Ich kann mir nicht vorstellen, dass sie das auch gutgeheißen hätte.«
»Und du kannst sie von hier aus anschalten?« Franzi nahm Kims Smartphone und besah sich die App.
»Genau. Wir müssen nur hier wischen!« Sie tat es und aus dem Telefon kam ein knisterndes Geräusch. Eine weibliche Stimme sagte: »Die Glasoberfläche müsste mal wieder geputzt werden, Gerhard, siehst du das nicht? Dass alle Kunden immer auf die Platte patschen müssen …«
»Ist doch nicht schlimm, Regine. Das mache ich gleich«, erkannten die drei !!! den Verkäufer von gestern im Hintergrund.

Er war viel leiser als Regine, die offensichtlich näher am Mikrofon stand.
»Klappt hervorragend«, meinte Kim.
Der Kellner kam und die drei Detektivinnen bestellten sich eine selbst gemachte Limonade und ein Stück Apfelkuchen.
Gerade als der Kellner die Bestellung auf den Tisch stellte, kam eine vornehm gekleidete Dame mit schnellen Schritten die Straße entlang. Sie trug ein Blumenkleid und einen wagenradgroßen Strohhut mit Blumen auf dem Kopf. Außerdem eine Sonnenbrille, die ihr halbes Gesicht verdeckte.
»Da ist sie«, flüsterte Franzi. »Versteckt euch! Sonst erkennt sie euch.«
Marie zog ihr Sonnenkäppi tiefer ins Gesicht und Kim tat so, als vertiefe sie sich in ein Buch.
Franzi tauchte mitsamt dem Apfelkuchen unter den Bistrotisch.
»Aber nicht alles alleine essen«, zischte Kim ihr zu und schaltete das Abhörgerät erneut ein.
Eine Gabel mit einem Stück Apfelkuchen schwebte vor Kims Mund herum. »Schnapp ihn dir!«
Kim kicherte, nahm die Gabel und aß den Bissen. Lecker!

»Was haben Sie uns heute mitgebracht?«, fragte der Verkäufer. »Ich bin schon richtig gespannt. Die Libellenkette gestern hat bereits großen Anklang gefunden.« Dann hörten die drei !!! etwas leiser: »Regine, waren die drei Mädchen schon da und haben gesagt, ob sie die Kette kaufen wollen?«

»Nein, noch nicht!«, tönte es weit entfernt.

»Drei Mädchen?«, fragte Helene Rosenhain misstrauisch. »Und sie wollen die Kette kaufen?«

»Zumindest haben sie sich sehr für sie begeistert. Das ist doch in Ihrem Interesse, Gnädigste?«, meinte der Verkäufer.

Dann knackste und raschelte es. Kim vermutete, dass der neue Schmuck in ein Stück Stoff eingeschlagen war.

»Wunderschön«, fuhr der Verkäufer fort. »Da sind echte Schätze dabei!«

»Es freut mich, dass Ihnen der Schmuck gut gefällt. Ich bin sehr daran interessiert, ihn schnell zu verkaufen und möglichst auch zu dem Preis, den er wert ist. Aber besonders wichtig ist: schnell. Ich brauche das Geld und ich bin nicht mehr lange hier im Land«, sagte Helene und ihre Stimme hatte einen schneidenden Unterton, den Kim noch nie bei ihr gehört hatte. Er erinnerte sie an jemanden. Aber an wen?

»Sie will ins Ausland!«, flüsterte Franzi. »Genau wie vor vierzig Jahren. Und irgendwie habe ich das Gefühl, dass Opa Rainer wieder nicht weiß, wie ihm geschieht. Diese Frau hat zwei Gesichter. Einmal die freundliche Sängerin, die sich wirklich freut, ihre große Liebe von damals wiederzusehen. Und einmal die eiskalte Diebin, die skrupellos dem Geld hinterherjagt und der die Gefühle von anderen völlig egal sind.« Franzi hatte sich richtig in Rage geredet.

»Pst«, machte Kim. »Vielleicht sprechen sie noch über den Schmuck und wir bekommen heraus, welche Teile sie verkaufen will.«

»Warten Sie nicht auf die drei Mädchen«, wies Helene den Verkäufer an. »Wenn jemand anderer die Kette kaufen will, haben sie eben Pech gehabt ... Mädchen«, sie schnaubte verächtlich, »haben doch sowieso nicht die nötigen Mittel für diese Art von Schmuck. Die sollen sich lieber mit Modeschmuck aus diesem Funkelglitzer-Laden, der um die Ecke aufgemacht hat, zufriedengeben.«
»Natürlich, natürlich! Dann werde ich den Schmuck jetzt mal prüfen. In zehn Minuten kann ich Ihnen einen ungefähren Preis nennen.«
Es wurde ruhig.
Die drei !!! tranken ihre Limos aus und teilten sich den Rest vom Apfelkuchen. Dann zahlten sie, um jederzeit aufspringen zu können, wenn Helene Rosenhain aus dem Juweliergeschäft kommen sollte.

Punktlandung! Kim schlürfte gerade den letzten Rest Limo durch ihren Glastrinkhalm, als Helene auf die Straße trat. Sie sah sehr zufrieden aus. Kein Wunder, denn der Verkäufer hatte ihr versichert, dass der Schmuck hohe Preise erzielen würde.
Ohne Eile schaltete Kim die App aus und sie packten zusammen.
»Glaubst du, Helene trifft jetzt Opa Rainer?«, fragte Marie leise.
Kim und Franzi zuckten mit den Schultern.
»Keine Ahnung. Gut möglich!«, sagte Franzi.
Tatsächlich schlug Helene den Weg in Richtung Fotostudio ein.

Die drei !!! hätten gar nicht so vorsichtig sein müssen. Helene fühlte sich völlig unbeobachtet.
Beim Blumenladen blieb sie stehen und kaufte eine Sonnenblume in einem kleinen Töpfchen. Dann besah sie sich versonnen ein Kleid im Schaufenster nebenan und schlenderte weiter.
»Das ist mein Tempo. So macht beschatten Spaß.« Kim lachte.
»Stimmt. Und ich kann nebenbei noch shoppen gehen«, sagte Marie und wollte in dem Modeschmuckladen verschwinden, den Helene vorhin erwähnt hatte.
»He, wolltest du nicht bewusster konsumieren?«, fragte Franzi sie. »Dir vorher überlegen, was du brauchst und haben willst, und dich dann informieren, unter welchen Bedingungen die Sachen hergestellt und welche Materialien verwendet wurden?«
Marie nickte. »Hast ja recht. Manchmal überkommt mich die alte Shopping-Wut. Es ist leider verführerisch …«
Franzi und Kim hakten Marie unter und führten sie wie eine Gefangene ab. »Zum Glück hast du uns. Wir lassen nicht zu, dass du rückfällig wirst.«
Seit Tessa, Maries Stiefmutter, mit ihrem *Think-Nature!*-Öko-T-Shirt-Label so erfolgreich war und Chrissie, Franzis Schwester, sich zusammen mit ihrem Freund Niko zu echten Umweltaktivisten entwickelt hatten, hatten die drei öfter darüber nachgedacht, was sie selbst tun konnten: bewusstes Konsumverhalten, Öko-Richtlinien bei Kleidung und faire Arbeitsbedingungen in den Herstellungsländern waren Themen, die sie beschäftigten. Lina, die Stiefschwester von Marie, hatte ihnen zusätzlich allerhand Info-Materialien gegeben, und obwohl

Kim geglaubt hatte, schon viel darüber zu wissen, war sie ehrlich schockiert gewesen. Nun achtete sie verstärkt darauf, Öko-Baumwolle zu kaufen, und freute sich, dass der *Kakao Spezial* im *Café Lomo* aus fair gehandeltem Kakao gemacht wurde. Marie, die Shopping-Queen der drei !!!, hatte es bei dieser Umstellung natürlich am schwersten, denn sie musste viele lieb gewonnene Angewohnheiten ändern oder sogar aufgeben. Aber sie setzte nun ganz auf Naturkosmetik ohne Mikroplastik und Erdöl!

Helene hatte offensichtlich gerade beschlossen, das Kleid nicht anzuprobieren, denn sie ging langsam weiter.

Die drei !!! folgten ihr. Als sie sahen, dass sie die Tür zum Fotostudio öffnete, ließen sie ihr noch einen kleinen Vorsprung.

Kim holte einen Schlüssel aus der Tasche. »Hat mir Davids Mutter gegeben. Für alle Fälle. Und ich denke, jetzt ist so ein Fall, wo wir nicht durch die bimmelnde Ladentür gehen wollen.«

»Cool«, meinte Marie. »Das macht die Sache viel einfacher.«

Kim sperrte die Nebentür auf, die direkt in die kleine Küche des Studios führte.

Die Spüle stand voller dreckiger Kaffeetassen und auf dem Tisch lag ein halb gegessenes Butterbrot ohne Teller.

»Sieht nach David und nach Eile aus«, bemerkte Kim.

Franzi deutete auf die Kaffeebecher. »Sieht eher nach einem Gemeinschaftswerk aus, wenn du mich fragst. David ist ja nicht kaffeesüchtig.«

»Und auch nicht tassensüchtig!« Marie kicherte.

Hinter dem Studio befand sich ein kleiner Garten mit einem Kastanienbaum. Er war ringsum von hohen Betonwänden begrenzt, aber der Efeu hatte über das viele Grau gesiegt und alles überwuchert. Unter dem Baum stand eine Biergartengarnitur mit einer rot-weiß gestreiften Wachsdecke und gelben Sitzkissen.

Kim winkte Marie und Franzi zu sich. »Da sitzen sie.« Sie deutete auf Opa Rainer, der ihnen das Gesicht zugewandt hatte, und Helene, die ihm gegenübersaß.

»Kapiere ich nicht«, murmelte Marie. »Hat sich Helene in der kurzen Zeit umgezogen? Hatte sie nicht vorher einen Hut mit roten Blumen darauf an?«

»Stimmt, du hast recht. Sie hat den Hut gewechselt ... Wie merkwürdig.«

Kim öffnete die Tür zum Garten einen kleinen Spaltbreit, sodass sie hören konnten, worüber Opa Rainer und Helene sich unterhielten.

» ... Rainer, du musst es mir glauben: Ich habe damals einfach nur Panik bekommen und bin auf und davon. Dabei habe ich dich so sehr geliebt. Vielleicht zu sehr. Mir kam das alles plötzlich so groß und endgültig vor. Wir waren jung, und ich wusste, wenn ich auf deinen Antrag eingehe, dann wird alles anders. Ich konnte einfach nicht.« Helenes Stimme wurde immer beschwörender.

»Und warum hast du mir nichts gesagt? Von all deinen Plänen. Wir hätten doch nicht heiraten müssen. Ich wollte einfach nur mit dir zusammen sein. Ich hätte auf dich gewartet.

Ganz egal, was du getan hattest.« Opa Rainers Augen glänzten.
»Wie meinst du das, gewartet?« Helene klang verwundert. »Und was meinst du mit getan? Ich dachte einfach, es sei besser, du hasst mich. Und ich wollte keine langen Erklärungen. Also habe ich entschieden, ohne Abschied abzureisen. Das war ein Fehler.« Helene senkte den Kopf.
»Die reden überhaupt nicht über die Einbrüche«, beschwerte sich Franzi. »Müssten die nicht planen, wie sie jetzt weiter vorgehen?«
Kim konnte nicht nachdenken. Sie trat von einem Fuß auf den anderen. Mist. Sie hatte zu viel Limo getrunken. Jetzt musste sie dringend aufs Klo. Das Kundenklo konnte sie allerdings nicht benutzen. Das Fenster ging zu dem kleinen Garten raus und Opa Rainer und Helene würden merken, dass sie nicht allein wären. Aber sie hatte ja noch den Schlüssel, den ihr Anne Lindemann gegeben hatte. Dann musste sie sich eben oben in die Wohnung schleichen und hoffen, dass sie dort niemandem in die Arme lief.
»Bin gleich wieder da!«, flüsterte sie. »Dringender Besuch von Pippilotta.«

Kim öffnete leise die Tür. Kein David. Die Luft schien rein zu sein. Sie lief den Flur mit den tollen Fotos entlang zur Gästetoilette.
Auf dem Weg zurück hörte sie ein Poltern im Wohnzimmer. Sollte sie nachsehen? Eigentlich überführten sie gerade ein Gau-

nerpärchen ein Stockwerk tiefer. Es war also überhaupt kein guter Zeitpunkt, um neugierig zu sein.

Nur mal um die Ecke schauen? Das konnte doch nicht schaden ...

Kim drückte sich an die Wand und spähte um die Ecke. Durch den milchigen Glaseinsatz in der Tür konnte sie einen verschwommenen Schatten wahrnehmen. Ein zweiter trat hinzu.

»Na endlich«, sagte eine weibliche Stimme. »Ich warte schon seit zehn Minuten.«

»Tut mir leid, ich musste noch eine Mail zu Ende schreiben«, antwortete eine männliche Stimme.

»Jetzt ist alles weg«, meinte die Frau. »Morgen kann ich endlich abhauen. Bin ich froh. Ich habe überhaupt keine Lust mehr, Theater zu spielen. Und mich für diese Anne abzurackern. Nur damit keiner Verdacht schöpft.«

»Ich habe überhaupt kein gutes Gefühl. Warum lässt du es nicht einfach sein? Was war, ist geschehen, das kann ich nicht rückgängig machen. So leid es mir auch tut. Aber von deinem schmutzigen Geld will ich keinen Cent haben, hörst du. Lass mich da raus.«

Die Stimmen kannte Kim. Aber wie in aller Welt konnte das sein? Wie versteinert blieb sie stehen. Und nach und nach tropften die neuen Informationen wie Honig in ihr Bewusstsein.

Es war alles ganz anders! Und sie waren den Verbrechern voll auf den Leim gegangen!

Die doppelte Helene

Die Stimmen im Wohnzimmer der Lindemanns gehörten Bruno, Opa Rainers Bruder, und Helene, die aber nicht *die* Helene war, die gerade unten im Garten saß.
Und Kim war auch klar, warum die Garten-Helene einen ganz anderen Hut trug. Die Helene, die beim Juwelier aufgetaucht war und die sie gerade hierher verfolgt hatten, war überhaupt nicht die echte Helene Rosenhain. Sondern eine Frau, die sich nur als Helene verkleidet hatte.
Kim wusste nun auch, wessen Stimme sie über die Wanze gehört hatten. Das war Iris! Die neue Freundin von Opa Rainer. Die saß jetzt mit Bruno im Wohnzimmer der Lindemanns? Das bedeutete, dass sie sich nicht getäuscht hatte und Bruno und Iris sich nicht das erste Mal gesehen hatten.
Kim blieb stehen. Sie wollte unbedingt hören, was die beiden weiter miteinander zu besprechen hatten.
»Wir brauchen das Geld doch nicht mehr. Lass uns den Rest von dem Schmuck einfach zurückgeben. Er wird irgendwo gefunden und diese elende Sache hat ein Ende. Iris, ich bitte dich!«

Kim sah, dass Iris wütend hochfuhr. »Du hast leicht reden! Du brauchst das Geld nicht … Aber was ist mit mir? Ich stehe vor der Rente und habe nichts mehr. Alles ist weg!«, zischte sie.

»Jetzt mach mal einen Punkt!« Bruno klang zunehmend ungehalten. »Ich kann nichts dafür, dass dein früherer Mann deinen Anteil beim Pferderennen verloren hat. Ich quäle mich seit vierzig Jahren mit der Schuld, die ich damals auf mich geladen habe. Ich habe es aus einer Notsituation heraus getan, das habe ich mir immer wieder gesagt, wenn mich mein schlechtes Gewissen geplagt hat. Was ich mir aber niemals so richtig verziehen habe, ist, dass wir damals den Verdacht auf Helene gelenkt haben. Ich hätte meinen Bruder selbst entscheiden lassen müssen, was er aus seinem Leben macht. Aber als großer Bruder dachte ich, ich weiß es besser. Also beschloss ich, die Sache auf sich beruhen lassen. Und ich bin total erschrocken, als ich gemerkt habe, dass *du* Rainers neue Freundin bist. Ich habe natürlich sofort gewusst, dass du etwas im Schilde führst. Ich bin ja selbst schuld. Hätte ich damals nur besser nachgedacht und die Diebstähle niemals begangen!«

»Du bist ein sentimentaler Weichling«, herrschte Iris ihn an. »Der Verbrecher mit dem guten Herzen. Dass ich nicht lache. Wir haben uns jeden Cent aus diesen Einbrüchen verdient. Und genauso steht mir das Geld vom restlichen Schmuck zu. Du hast Vorstellungen! Ich habe doch nicht umsonst das letzte halbe Jahr mit deinem langweiligen Bruder verbracht, wenn jetzt gar nichts mehr für mich herausspringt? Das kannst du total vergessen!«

Kim hatte genug gehört: Iris und Bruno waren das Gaunerpärchen gewesen, das damals die Einbrüche verübt hatte. Sie überlegte fieberhaft, was sie nun tun sollte.
Nervös spielte sie mit dem Haustürschlüssel, den sie noch immer in den Händen hielt. Der Schlüssel! Natürlich! Sie konnte die beiden Verbrecher ganz leicht dingfest machen. Sie musste nur sicherstellen, dass sich kein Wohnungstürschlüssel mehr in der Wohnung befand, und dann die Tür von außen zuschließen. Ein Telefonat – und sie konnte Kommissar Peters und Kommissarin Aslan die Täter auf dem Silbertablett liefern.
Aufgeregt suchte sie im Flur nach weiteren Schlüsseln und fand einen am Schlüsselbrett und einen neben dem Telefon. Sie nahm beide mit und schlich sich nach draußen. So leise wie möglich versperrte sie die Tür und ließ den Schlüssel stecken. So konnte man von innen nicht aufsperren.
Iris und Bruno saßen in der Falle!

Auf dem Weg nach unten telefonierte Kim mit Kommissarin Aslan. Die Kommissarin war überrascht und versprach, sofort zu kommen. Kim lächelte. Zum ersten Mal hatte sie vonseiten der Polizei keine Vorwürfe gehört, dass ihre detektivischen Unternehmungen erstens zu gefährlich und zweitens unüberlegt gewesen waren.
Als sie zu Franzi und Marie in die Küche kam, saßen die um den kleinen Tisch. Marie zuckte mit den Schultern. »Guck mal. So ist es jetzt schon seit ein paar Minuten!«
Kim linste in den Hinterhof-Garten. Helene und Opa Rainer

saßen nebeneinander und sahen sich tief in die Augen. Keiner der beiden sagte ein Wort.
»Das ist total romantisch«, flüsterte Kim. »Sie haben sich wiedergefunden.«
»Aber was ist denn mit Iris?«, protestierte Franzi. »Ist das nicht ziemlich unfair ihr gegenüber?«
Kim schüttelte den Kopf. »Wenn ich euch erzähle, was ich eben in der Wohnung gehört habe, gönnt ihr Opa Rainer alles!«
Franzi und Marie sahen Kim verwundert an. »Schieß los!«, meinte Marie. »Das klingt hochinteressant!«

»Ich fasse es nicht«, stöhnte Franzi, als Kim geendet hatte. »Und Iris hat sich damals schon als Helene ausgegeben, um den Verdacht auf sie zu lenken?«
PLING! PLANG! PLONG!
»Ich glaube, das ist die Polizei«, meinte Kim. »Sehr gut. Wahrscheinlich haben die beiden da oben noch gar nicht gemerkt, dass ich sie eingesperrt habe.«
Die drei !!! begrüßten die beiden Kommissare, und Kim erzählte noch einmal, was sie oben gehört hatte.
»Dann werden wir die beiden mal überraschen«, meinte Kommissarin Aslan und klopfte Kim auf die Schulter. »Gute Arbeit, Kollegin!«
Kollegin? Kim wurde rot, so stolz machte sie das Kompliment.
»Der Dank gilt natürlich auch euch beiden«, versicherte die Kommissarin und sah Marie und Franzi an. »Ihr habt geschafft, was eine ganze *Soko* vor 40 Jahren nicht geschafft hat.«

»Elif«, mahnte Kommissar Peters. »Wir sollten die Detektivinnen nachher loben. Wir haben das Gaunerpärchen noch nicht in Gewahrsam.«
Kommissarin Aslan zwinkerte den drei !!! zu und folgte ihrem Kollegen in die Wohnung der Lindemanns.
»Wir waren zwar auf der falschen Fährte, aber ich denke, wir können uns trotzdem beglückwünschen.« Kim streckte die Hand nach oben. »Gebt mir fünf, Mädels!«
Franzi und Marie schlugen ein.
Marie grinste: »An uns kommt einfach kein Täter vorbei!«
»Oh, doch!« Kim deutete auf Bruno und Iris, die gerade von den Kommissaren die Treppe hinunter abgeführt wurden. »Aber nur in Handschellen!«

Die nächsten beiden Tage vergingen wie im Flug. Kim konnte das Englischreferat mit der Lehrerin vereinbaren und war guter Dinge, dass ihre Mutter von der schlechten Note niemals erfahren würde.
Ben und Lukas waren genauso nervig wie immer, aber wie durch ein Wunder respektierten sie Kims verschlossene Zimmertür.
Von David hörte sie die nächsten zwei Tage nichts. Das war eigenartig. Solange David sich um sie bemüht hatte und Kontakt zu ihr hatte haben wollen, hatte es sich so angefühlt, als ob sie, Kim, die Kontrolle gehabt hatte. Jetzt war es umgekehrt.
Warum hatte er sich nicht wenigstens bedankt, dass sie den Fall um seinen Opa gelöst hatten? Er war doch bestimmt heil-

froh, dass der überhaupt nicht in die Sache verwickelt gewesen war. Obwohl … sie hatten ihn ja aus dem Fall und den Ermittlungen herausgehalten. Möglicherweise war David gar nicht bewusst, wie viel Glück sein Opa gehabt hatte? Wie auch immer. Morgen war die große Neueröffnung des Fotostudios und Kim hatte sich fest vorgenommen, mit David zu reden. Über den Fall. Und über ihre Beziehung. Hoffentlich wollte David das auch noch.

Am Nachmittag hatten sie sich mit Kommissarin Aslan auf dem Revier getroffen. Kim hatte die richtigen Schlüsse gezogen und sowohl von Bruno Lindemann als auch von Iris Schmitt lag ein umfassendes Geständnis vor:

Vor vierzig Jahren steckte das Fotostudio noch in den Kinderschuhen, und obwohl Rainer mit den Fotografien der Berühmtheiten Erfolg hatte, brachten sie nicht genug Geld ein, um den Schuldenberg auszugleichen, den ihre Eltern ihnen nach dem tödlichen Autounfall hinterlassen hatten.

Bruno, der ältere der beiden Brüder, hatte sich für Rainer verantwortlich gefühlt. Bei einem Konzertbesuch hatte er Iris kennengelernt, die schon häufiger kleinere Diebstähle begangen hatte. Sie hatte Bruno auf die Idee gebracht, bei Rainers betuchten Kunden auszukundschaften, was an Schmuck zu holen sei. Und zwar immer, wenn sie eine Fotografie lieferten, die sie – das war im Service enthalten – auch an Ort und Stelle aufhängten.

Bruno fotografierte den Schmuck und dann war Iris an der

Reihe. Sie brach, als Rainers Freundin Helene verkleidet, ein, stahl den Schmuck und hinterließ den Herzluftballon. Sie verscherbelten den Schmuck ins Ausland und den Erlös teilten sie sich. Als genug Geld beisammen und Helene Rosenhain plötzlich verschwunden war, hörten sie mit den Einbrüchen schlagartig auf. Der Hehler im Ausland war ebenfalls festgenommen worden. Also konnten sie den Rest der Beute nicht mehr zu Geld machen und vergruben sie im Keller von Rainers Fotostudio.

Der arme Rainer hat Helene damals gar nicht kennengelernt und auch keinen Verdacht geschöpft.

»Was für eine Geschichte!«, meinte Marie, als sie das Polizeipräsidium verließen. Sie strich sich eine blonde Strähne aus dem Gesicht. »Könnte das Drehbuch für einen meiner Herzschmerz-Filme werden.«

»Stimmt. Alles drin: Liebe, Verbrechen, Skandal, Betrug und Geld!« Franzi kicherte. »Wenn es nicht wahr wäre, müsste es jemand erfinden.«

»Bruno wird mit einer Geldstrafe davonkommen«, sagte Kim. »Iris nicht. Die Einbrüche sind verjährt, nicht aber die Hehlerei mit den ausgegrabenen Schmuckstücken!«

»Eine Sache verstehe ich immer noch nicht so ganz«, meinte Marie. »Iris wusste doch, dass ein Teil der Beute im Keller des Fotostudios lag. Warum hat sie sie nicht schon früher ausgegraben?«

»Sie dachte, sie hätte ausgesorgt. Aber dann hat ihr Mann alles auf der Rennbahn verspielt«, erinnerte sich Kim. »Als sie also in Geldnot kam, hat sie sich an Opa Rainer herangemacht und die liebende Freundin gespielt. In der Hoffnung, dass sie bald die Gelegenheit haben würde, die Beute zu holen. Ohne Bruno zu informieren. Der wusste erst einmal von nichts. Doch sie scheint nicht mehr genau gewusst zu haben, wo der Schmuck liegt. Deswegen hat sie mal hier und mal da gegraben und geklopft. Und es war schwierig. Denn offiziell hat sie ja beim Ausmisten geholfen und nicht bei Abbrucharbeiten oder so. Sie musste also sehr vorsichtig sein.«

»Ich habe kein Mitleid mit ihr.« Franzi zuckte mit den Schultern. »Sie hatte die Idee, den Verdacht damals auf Helene zu lenken. Damit hat sie Opa Rainers große Liebe zerstört.«

»Oder gerade erst möglich gemacht«, wandte Marie ein.

»Wie meinst du das?« Franzi sah Marie verwirrt an.

»Helene hat doch gesagt, dass ihr das alles damals zu viel wurde. Die große Liebe und so ... Und jetzt? Können sie endlich zusammenkommen. Jeder hat sein Leben gelebt und Helene hat Karriere gemacht.«

»So habe ich das noch gar nicht betrachtet«, meinte Franzi. »Aber du könntest recht haben mit deiner Vermutung.«

»Glaube mir. Nach der neunundneunzigsten Liebesschnulze hat man alles gesehen, was die Liebe so zu bieten hat.« Marie sah sehr zufrieden aus. »Und jetzt gehen wir zu diesem *Eisdieler* und essen das Eis, das wir nicht essen konnten. Wegen Hugo-Oskar und wegen unserer Ermittlungen. Seid ihr dabei?«

Ein Himmel voller Herzen

»Ihr seht toll aus!« Anne Lindemann begrüßte die drei !!! und umarmte eine nach der anderen. »Kommt rein, es sind schon einige da!«

Kim, Franzi und Marie hatten verabredet, in den Clubfarben zu kommen. Kim ganz in Pink mit blauen Turnschuhen, Franzi in Lila mit gelben Socken und Marie in einem grünen Trägerkleid mit roten Ballerinas.

Das Fotostudio war nicht wiederzuerkennen. Von der Verwüstung in der letzten Woche war nichts mehr zu sehen. David, Adele und Anne hatten ganze Arbeit geleistet.

Von der Decke hingen Polaroid-Schnappschüsse der Familie und auf der Ladentheke war ein leckeres Buffet aufgebaut. Die Wände des Verkaufsraumes waren mit den schönsten Porträts aus Opa Rainers Sammlung geschmückt. Eine Wand war ganz Helene Rosenhain gewidmet. Dass sie nun mit einem Glas Sekt höchstpersönlich davorstand und noch mehr strahlte als auf den Fotos, freute Kim ganz besonders.

Neben Helene entdeckte Kim Opa Rainer, der Helene immer

wieder verzückt von der Seite ansah und ihre Hand hielt. Wenn er sich unbeobachtet fühlte, drückte er ihr ein kleines Küsschen auf die Wange.
Zwischen all den Besuchern, die sich mittlerweile im Verkaufsraum drängten, konnte Kim außerdem Maries Stiefschwester Lina mit ihrer Freundin Anouk, die beiden Kommissare und Lilli mit ihrer Oma Gertie ausmachen. Oma Gertie trug die Libellenkette, die ihr hervorragend stand.
Kim sah zu David, der die Getränke ausschenkte, und seufzte. Den konnte sie jetzt nicht loseisen, obwohl ihr so viel auf der Seele brannte, das sie ihm gerne sofort und gleich gesagt hätte. Stattdessen versuchte sie, seinen Blick zu erhaschen und ihm zuzulächeln.
Doch es gelang ihr nicht. Immer wenn David aufsah, starrte er durchs Schaufenster nach draußen, als erwarte er jemanden. Im nächsten Augenblick leuchteten seine Augen und er winkte stürmisch.
Kim sah zur Tür und konnte nicht glauben, wen sie da sah.
Viola!
David hatte Viola zur Eröffnungsfeier eingeladen!
Sie hatte eine riesige Kiste unter dem Arm und stürmte direkt auf David zu. Dann schmatzte sie ihm links und rechts ein Küsschen auf die Wange und die beiden verschwanden im Studioraum.
Kim merkte, wie etwas in ihrem Bauch zu Stein wurde. Wuttränen stiegen in ihr hoch. Das durfte einfach nicht sein!
Ihre schlimmsten Befürchtungen wurden vor ihren Augen

wahr! Hilfe suchend wandte sie sich an Marie, die neben ihr stand. »Kneif mich mal. Und dann sag mir, dass ich träume, halluziniere oder auf jeden Fall eine schwere Wahrnehmungsstörung habe!«, flüsterte sie.
»Was ist passiert?«, fragte Marie.
»Viola ist hier!« Kim presste die Worte mit unterdrücktem Zorn heraus. »Erst hat sie ihn abgeküsst und dann sind sie zusammen verschwunden. Wenn das mal nicht eindeutig ist. Von wegen Vertrauen! Von wegen mit Viola läuft nichts! Von wegen, von wegen, von wegen. Ich will nach Hause. Das hat doch alles gar keinen Sinn!« Kim wischte sich über die Wange, über die eine Träne rollte.
Marie kniff die Augen zusammen. »Das ist komisch. An deiner Stelle würde ich nicht übereilt hier aufbrechen. Das passt überhaupt nicht zu David und auch nicht zu meinem Gefühl. Und du weißt, ich bin eher der eifersüchtige Typ.«
Marie hatte in der Beziehung zu Holger immer wieder mit kleineren und größeren Eifersuchtsattacken zu kämpfen.
»Und was soll ich jetzt machen? Ins Studio gehen und sie auf frischer Tat ertappen? Das schaff ich nicht!«
»Abwarten und dir ein Käsebrötchen nehmen«, meinte Marie und zog Kim zum Buffet. »Oder wenigstens ein Gummibärchen.«
»Du glaubst ja wohl nicht, dass ich irgendwas hinunter–«
»Kim, Marie!«, rief Kommissar Peters, der mit Kommissarin Aslan, Opa Rainer und Helene auf sie zukam. »Wo ist denn das dritte Ausrufezeichen?«

Franzi tauchte mit einem Teller voll Pizzastücken auf. »Schon zur Stelle!«

»Ich wollte euch noch persönlich sagen, dass dank eures mutigen und klugen Einsatzes die Kriminalstatistik der gelösten Fälle bei uns in der Abteilung nun besser ist!« Er grinste.

»Und dass wir Gertrud Gottwalt endlich ihre Libellenkette wiedergeben konnten«, ergänzte Kommissarin Aslan.

»Und dass wir uns durch euch wiedergefunden haben!« Opa Rainer legte den Arm um Helene und sie schmiegte ihren Kopf an seine Brust.

Bruno gesellte sich ebenfalls zu ihnen. »Ich muss euch auch danken. Endlich konnte ich ehrlich zu meinem Bruder sein. Ihr ahnt nicht, welche Last die letzten vierzig Jahre auf mir gelegen hat.« Er sah Rainer gerührt an. »Es tut mir alles so leid, wirklich.«

»Lass mal gut sein.« Rainer klopfte Bruno auf den Oberarm. »Wir haben uns doch ausgesprochen. Du hast es ja letztendlich auch für mich gemacht. Ohne das Geld hätte ich das Fotostudio niemals halten können. Und Helene und ich haben uns ja wieder!« Er blickte Helene tief in die Augen, bis beide lachen mussten.

»Jetzt verkleiden wir uns als Marsbewohner und lassen uns von Anne fotografieren.« Helene Rosenhain zog ihren Rainer am Arm fort.

»Moment, Moment!« In diesem Augenblick kam David in den Verkaufsraum. »Das Studio ist noch nicht freigegeben – allerdings in Absprache mit meiner Mutter. Denn zuerst möch-

te ich Sie alle zu einer ganz besonderen Uraufführung einladen.«
Einige Ahhhs und Ohhhs gingen durch den Raum und die Leute setzten sich in Richtung Studio in Bewegung.
»Da bin ich aber mal gespannt«, sagte Marie und wollte Kim am Arm mitziehen. Doch die schüttelte den Kopf. »Kein Interesse.«
»Natürlich kommst du mit. Das wäre ja noch schöner!«, sagte Franzi energisch. »Du benimmst dich wie im Kindergarten!«
Kim senkte den Blick. Hatte Franzi recht? Kindergarten ...? Diesen Vorwurf wollte sie auf keinen Fall auf sich sitzen lassen. Tapfer stapfte sie hinter Franzi und Marie ins Studio.

In der Mitte des Raums war ein Beamer aufgebaut, der ein Foto von David an die Wand warf.
Darunter stand: *Foto-Love-Story: Gebrochene Herzen.*
»Ich wusste schon, warum ich gehen wollte«, zischte Kim Franzi und Marie zu. »Jetzt muss ich mir auch noch ansehen, wie Viola und David auf den Fotos herumturteln. Keinen Bock, echt.«
Sie drehte sich um.
»Kim?«, rief David in diesem Augenblick. »Warte bitte. Diese spezielle Foto-Liebes-Roman ist nämlich einzig und allein dir gewidmet.«
»Ach ja?«, platzte es aus Kim heraus.
»Ja«, antwortete David freundlich, als ob er den feindseligen Ton in Kims Stimme nicht gehört hätte.

Er drückte den Knopf der Fernbedienung und der Raum verdunkelte sich. Gleichzeitig begann die Bildschirmpräsentation der Foto-Geschichte.

Zunächst war ein Bild von Viola zu sehen, die sich zu David auf eine Bank setzte. In der Sprechblase über ihr stand: »Können wir uns heute Abend treffen? Ich habe da ein Problem!«

In der Gedankenblase über David stand: »Sie ist ja ganz niedlich, aber sie ist die Falsche. Ob ich ihr wirklich helfen kann?«

Die Geschichte entspann sich Bild für Bild weiter. Bald war klar, dass das Mädchen, das Viola spielte, in Davids Freund Fabian verknallt war und sich von David erhoffte, dass er sie verkuppelte.

David tat, was von ihm verlangt war, aber er war selbst nicht gut drauf. Immer wieder ging sein Blick in die Ferne oder er sah verträumt auf ein Foto, das man aber niemals sah.

Als das Mädchen, das Viola spielte, nach langen Wirren endlich mit Fabian zusammengekommen war, fragte sie David, was denn mit ihm los sei. Erst wollte David mit der Sprache nicht herausrücken, doch dann gestand er, dass er sich mit seiner Freundin gestritten habe und nicht wisse, wie er sie zurückgewinnen konnte.

Viola, Fabian und David erstellen daraufhin ein Fotobuch mit den schönsten Momenten aus der Beziehung der beiden. Kim wurde erst heiß und dann kalt. Auf den Fotos konnte man sehen, wie sehr David unter dem Streit litt und wie viel Mühe er sich mit dem Fotobuch machte. Immer wieder sah sie zu David und er zu ihr. Er war aufgeregt, das merkte sie deutlich.

Kim versuchte, einen möglichst neutralen Gesichtsausdruck zu behalten. Doch innerlich purzelten ihre Gefühle völlig durcheinander. Das, was David hier für sie tat, war das Romantischste, was sie je erlebt hatte. Und es war der Beweis, dass er *sie* wollte und nicht Viola.

Marie stupste sie an. »Das ist sooo süß!«, wisperte sie.

David stellte sich vor die Zuschauer.

»Bevor ich das letzte Bild zeige, möchte ich gerne etwas sagen. Hier vor allen Leuten. Kim, du bist das Beste, was mir je passiert ist. Und jetzt, wo ich dich gefunden habe und mit dir lachen und Bücher schreiben und stundenlang reden kann, möchte ich dich auf keinen Fall verlieren. Können wir uns wieder vertragen?« Er klickte weiter und auf der Leinwand erschien das Stolperfoto vom Jakobipark. »Auch wenn in Sachen Pärchen-Pic noch etwas Luft nach oben ist?«

Alle lachten und blickten Kim erwartungsvoll an.

Ihre Knie waren weich. Vor Freude, aber auch vor Aufregung. Irgendwie schaffte sie die paar Schritte nach vorne und fiel David um den Hals.

Die Zuschauer klatschten. »Ich wünsche mir nichts mehr auf der Welt«, flüsterte sie in sein Ohr. »Entschuldige bitte, dass ich so stur gewesen bin.«

»Wunderbar!« Anne Lindemann trat nach vorne. »Jetzt ist mein Sohn endlich wieder glücklich und wir können hier mit der Foto-Session beginnen. Wer Interesse hat, sucht sich bitte ein passendes Kostüm, für den Hintergrund und die perfekte Beleuchtung sorge ich.« Sie lachte.

»Fotos machen wir später!« David nahm Kims Hand. »Ich habe nämlich noch eine Überraschung für dich.«

»Noch eine?«

»Im Garten! Ich muss allerdings zugeben, dass das Opa Rainers und Helenes Idee war.«

Kim grinste. Irgendwie hatte sie so eine Ahnung, wie diese Idee aussehen würde …

Sie traten in den Hinterhofgarten, und tatsächlich: An den kleinen Tisch war eine Traube roter Herzluftballons gebunden, die sanft im Wind schaukelten.

In einer silbernen Schale waren Papieranhänger und Stifte ausgelegt.

Helene schwebte elegant in ihrem langen Chiffonkleid vorbei und verteilte die Ballons. »Das ist für alle Verliebten, für solche, die es mal werden wollen, und für alle, die eine tiefe innige Freundschaft verbindet. Schreibt auf, was euer Herz euch sagt, und schickt die Worte in den Himmel!«, rief sie.

Lina, die mit Anouk neben Kim stand, kicherte und hielt ihren Ballon ganz fest. Anouk hingegen ging schnurstracks zu den Anhängern, schrieb etwas darauf und kam zurück.

Als sie die Karte an Linas Herzluftballon befestigte, konnte Kim einen Blick darauf werfen.

A + L = ♥? stand darauf.

Lina wurde schneewittchenapfelrot im Gesicht und musste noch mehr kichern. Dann griff sie an die Luftballonschnur. »Eins, zwei, drei … los!«, sagte sie und Linas und Anouks Ballon flog mitsamt der Frage in den Himmel.

»Wollen wir auch?«, fragte David und sah Kim mit weichen Augen an.
»Na klar!« Kim blickte in die Runde. Franzi und Marie hielten zusammen einen Ballon fest, Opa Rainer und Helene und sogar die beiden Kommissare.
David zauberte einen Anhänger aus der Tasche. Sieben Wolken, die übereinanderschwebten, hatte er daraufgemalt. Auf die oberste hatte er ein Foto von sich und Kim geklebt. Eng umschlungen. *Mit dir immer auf Wolke sieben* war mit rotem Filzstift darum herum geschrieben.
»Von dort vertreibt uns so schnell niemand mehr!« Kim wandte sich David zu und schmiegte sich an ihn. »Auch nicht die schöne Viola!«
David strich Kim sanft über die Wange, beugte sich zu ihr und küsste sie sanft. Als Kim sich von ihm lösen wollte, schüttelte er den Kopf und zog sie noch einmal an sich.
Kim schloss die Augen und alles, was sie sehen konnte, waren Herzen. Sie war so glücklich.
In diesem Augenblick glitt ihnen die Luftballonschnur aus der Hand und das rote Herz tanzte nach oben in den Himmel.
Kim und David sahen ihm nach. »Wir kriegen dich wieder!« Kim lachte. »Auf Wolke sieben!«

Ann-Kathrin Heger ist sich sicher, dass die Polizei in Fürth, der Stadt in der sie mit ihrer Familie lebt, auch einige ungelöste Fälle im Archiv hat. Ob darin allerdings Herzluftballons eine Rolle spielen, findet sie eher fraglich. Obwohl … ? Im Fenster vom Haus gegenüber tauchte letzte Woche einer auf. Ob den wohl ein Einbrecher zurückgelassen hat?

Leseprobe

160 Seiten, ca. €/D 11,–
ISBN 978-3-440-16808-0

Nach einer friedlichen Demonstration für den Klimaschutz eskaliert der Streit um die Rodung eines Waldstücks. Kim, Franzi und Marie ermitteln, um den Wald mit fairen Mitteln zu schützen.

Lies doch mal rein!

Fußabdrücke

»Advent, Advent …«, murmelte Franzi mit einem rot triefenden Pinsel in der Hand.
»Es ist Sommer, wir haben seit sechs Wochen eine Hitzewelle, Sonne pur, keinen Regen, und du denkst an Advent?«, wurde sie von Marie unterbrochen.
»Mhm, Lebkuchen und Zimtsterne könnte ich zu jeder Jahreszeit essen«, schwärmte Kim.
»Lasst mich doch mal in Ruhe denken«, beschwerte sich Franzi, die über ihren kurzen Shorts und dem geringelten T-Shirt einen riesigen weißen Kittel trug.
»Ach, du hast meinen Arztkittel.« Herr Winkler, Franzis Vater, war gerade auf dem Weg in seine Tierarztpraxis, die sich auf dem Winklerhof befand.
Franzi stand auf und sofort wurden viele bunte Farbkleckse auf dem blütenweißen Stoff sichtbar. »Entschuldigung, Papa.«
»Ach, darin ist mir sowieso zu heiß.« Herr Winkler betrachtete die Pappen, die zwischen den drei Mädchen auf dem Rasen lagen. »Was macht ihr denn da eigentlich?«

»Wir malen Plakate für die Demonstration morgen«, erklärte Kim.

»Hat Chrissie die wieder mitorganisiert?«, fragte Franzis Vater.

Franzi nickte. »Cool, oder?«

»Ja, schon. Gut, dass wenigstens du noch weißt, was deine Schwester so treibt.« Im Losgehen drehte sich Herr Winkler noch einmal um. »Nachher kommt mein neuer Praktikant Paul. Zeigt ihr ihm den Weg?«

»Hatschi! Klaro! Hatschi!« Franzi rieb mit dem Handrücken ihr juckendes Auge. »Mist, ich habe meine Allergietablette noch nicht genommen.«

»Ist die Allergie so schlimm?«, fragte Kim.

»Im Moment schon, durch die Trockenheit fliegen so viele Pollen durch die Luft. Es müsste mal wieder regnen«, seufzte Franzi und wühlte aus ihrem Beutel eine Tablette, die sie mit Wasser herunterspülte. »Super, dass es die gibt, sonst müsste ich bei dem Wetter in der Bude hocken.« Franzi setzte sich wieder zu ihren Freundinnen.

Im Schatten der großen Linde, die sich im hinteren Teil des winklerschen Gartens befand, malten sie ihre Plakate für den am nächsten Morgen geplanten Demonstrationszug. Die Schüler, allen voran Franzis große Schwester Chrissie, protestierten gegen die Rodung eines großen Teils des Waldes am Stadtrand. Eine Pharmafirma plante zu expandieren und wollte dort einen neuen Produktionsstandort aufbauen. Chrissie kämpfte aktiv für die Erhaltung des Waldes und war kaum noch zu

Hause. Franzis Eltern fanden es zwar toll, dass sie sich so für den Umweltschutz einsetzte, aber sie waren nicht glücklich darüber, dass sich das mittlerweile auf ihre Schulnoten auswirkte.

»Jetzt sind Oma Agnes und Opa Herbert gerade in das süße Häuschen am Waldrand gezogen und freuen sich, dass es endlich ruhiger wird, und dann sollen da so viele Bäume gerodet werden.« Marie tunkte ihren Pinsel in die blaue Farbe. »Wer will schon in der Nachbarschaft eines Chemiewerks wohnen?« Mit Schwung malte sie eine Kugel auf ihr Plakat. »Der Wald ist übrigens knochentrocken.«

»Die armen Pflanzen und Tiere! Die bekommen alle zu wenig Wasser.« Franzi sah zur Pferdekoppel rüber, wo ihr Pferd Tinka gerade an der Tränke stand. »Es ist wirklich auffällig, dass die Sommer immer heißer werden.« Mit Klebeband befestigte sie einen Stab an ihrer Pappe.

»Und Holger sitzt die ganze Zeit in seinem Zimmer.« Marie rührte mit ihrem Pinsel in der grünen Farbe. »Er muss lernen, weil er in zwei Fächern auf der Kippe steht. Deshalb kann er auch nicht zur Demo mitkommen. Er schreibt eine Klausur.«

»Aber bei Klausuren darf man doch sowieso nicht streiken, da hilft auch die Entschuldigung der Eltern nichts.« Kim tunkte ihren Pinsel in die gelbe Farbe. »Bei der Hitze büffeln … der arme Holger! Es ist so heiß, dass David und ich in letzter Zeit weniger an unserem Roman geschrieben haben, sondern eher Eis essen und schwimmen waren«, berichtete sie. »Ich hatte zuerst ein schlechtes Gewissen, aber David meint, wir sollen es als kreative Pause ansehen und das Leben genießen.«

Kim und ihr Freund David teilten eine gemeinsame Leidenschaft: das Schreiben. Sie hatten sich vor einiger Zeit bei einem Schreibworkshop kennengelernt, der von Sebastian, einem Redakteur der *Neuen Zeitung*, geleitet worden war. Da Kim Krimiautorin werden wollte und David sich eher für Fantasy-Romane interessierte, hatten die beiden für ihr gemeinsames Schreibprojekt einen Kompromiss gefunden, der beide glücklich machte: Sie schrieben zusammen einen Fantasy-Krimi, ein noch relativ neues Genre. In der Vergangenheit hatte eine Schreibentscheidung von David – Junos, die Hauptfigur der Geschichte, durch den Stich einer außerirdischen Biene sterben zu lassen –, zu einer Beziehungskrise geführt. Nachdem Kim und David sich darauf geeinigt hatten, dass Junos von seiner Geliebten Laurina durch ein Gegengift gerettet wird, war wieder Frieden eingekehrt.

»Ich möchte gerne ein Plakat mit Bienen machen«, entschied Kim.

»Das ist gut!«, fand Marie. »Auch die Insekten werden ja immer weniger, und das hat auch damit zu tun, dass die ökologischen Systeme durch den Lebenswandel von uns Menschen durcheinandergebracht werden.«

»Wisst ihr noch, wie wir das Bienengeheimnis gelüftet haben?«, fragte Franzi.

»Na klar, der Bienen-Fall! Der war wirklich ganz schön knifflig«, erinnerte sich Marie. »Oma Agnes hat übrigens erzählt, dass Sven Kronkamp sich entschieden hat, keine Pestizide mehr einzusetzen, damit es den Bienen richtig gut geht.«

»Toll!«, freute sich Kim. »Da war unsere Mission doppelt erfolgreich.«
Kim Jülich, Marie Grevenbroich und Franziska Winkler waren Detektivinnen. Sie nannten sich *Die drei !!!* und hatten gemeinsam schon mehr als achtzig Fälle erfolgreich gelöst.
Kim begann eine Biene auf ihre große helle Pappe zu zeichnen. »Eigentlich könnten wir auch mal wieder einen neuen Fall gebrauchen, oder?«
Der letzte Fall, bei dem die drei !!! beim Karnevalszug einen Raubüberfall aufgeklärt hatten, lag schon eine Weile zurück.
»Ja, mir brennt es auch schon unter den Fingernägeln«, sagte Franzi und hatte plötzlich die zündende Idee für ihr Plakat. »Ich hab's!« Franzi begann, ihr Plakat zu malen.
Marie las mit. »Advent, Advent ... die Erde brennt.«
»Nicht schlecht, Franzi!«, sagte Kim anerkennend.
»Chrissie hat einen Artikel gelesen, in dem ein renommierter Wissenschaftler vorhersagt, dass sich die Erde viel stärker und schneller erwärmen wird als bisher angenommen«, berichtete Franzi. »Dann schmelzen die Polkappen, der Meeresspiegel steigt an und der Lebensraum für Tiere und Pflanzen wird immer kleiner. Die Menschen sind dafür verantwortlich. Sie hinterlassen einen gewaltigen ökologischen Fußabdruck.«
»Was ist damit eigentlich gemeint?« Marie malte jetzt mit grüner Farbe Kontinente auf ihr Plakat.
»Jeder Mensch verbraucht Rohstoffe und Energie, produziert Müll und Abgase«, erklärte Franzi. »Er hinterlässt also einen ökologischen Fußabdruck. Die Biosphäre, also der Raum, in

dem es auf der Erde Leben gibt, wird so gestört, und es wird immer wärmer.«

»Weißt du das alles von Chrissie?«, fragte Marie beeindruckt.

»Ja.« Franzi war es in dem Kittel ihres Vaters auch viel zu heiß. Sie zog ihn sich über den Kopf und warf ihn zur Seite.

»Und was genau ist eigentlich mit Ökologie gemeint?«, wollte Kim wissen.

»Die Ökologie befasst sich mit Wechselbeziehungen zwischen Lebensraum und Lebewesen. Der Regenwald ist zum Beispiel ein abgeschlossenes Ökosystem. Bäume, Pflanzen, Pilze und Tiere sind voneinander abhängig«, erklärte Franzi.

»Wir Menschen brauchen unsere Erde und zerstören sie durch unsere Lebensweise – wie schrecklich!«, sagte Marie.

Genau in diesem Augenblick hinkte Franzis Huhn Polly gackernd über Maries Plakat und hinterließ in der frisch gemalten Erdkugel seinen ganz besonderen Fußabdruck. Die drei Freundinnen prusteten los.

»Oh, was ist denn mit dir passiert?« Ein Junge stand plötzlich neben ihnen und hatte sich zu Polly hinuntergebeugt. Er nahm das Huhn auf den Arm und sah es sich genauer an.

»Das ist Polly«, erklärte Franzi. »Sie lässt sich normalerweise nicht so leicht anfassen. Und wer bist du?«

Der Junge, den Franzi auf siebzehn schätzte, schien gar nicht richtig zuzuhören. Er schnappte sich den Holzstab, den Marie an ihr Plakat kleben wollte und brach ein wenige Zentimeter langes Stück ab. Dann rupfte er einen langen Grashalm von der Wiese und band damit den kleinen Stab an Pollys Bein fest.

Die drei !!! staunten.
Franzi fand als Erste die Sprache wieder. »Polly hinkt schon länger.«
»Ich bin Paul.« Lächelnd setzte er das Huhn wieder ab. Langsam spazierte Polly mit der Schiene am linken Bein los.
»Ach, du bist der neue Praktikant von meinem Vater.«
»Genau. Und wer bist du?«
Franzi merkte, dass ihr noch wärmer wurde, als es ihr ohnehin schon war. »Ich bin Franzi. Und das sind meine beiden Freundinnen Kim und Marie.«
Die beiden winkten Paul zu und grinsten Franzi an, die das mit einem heimlichen Augenrollen in ihre Richtung quittierte.
Paul sah sich um. »Wo ist denn die Praxis?«
Franzi zeigte in Richtung Hof. »Am Haus vorbei und dann über den Hof. Draußen ist dann ein Schild.«
Paul stand wieder auf. »Kim, du kannst doch auf das Plakat mit der Biene *Kurzstreckenflüge nur für Insekten* schreiben.«
»Das ist gut, danke.« Kim reinigte ihren Pinsel in einem Wasserglas.
Paul verschwand in die Richtung, die Franzi ihm gezeigt hatte. Sie sah ihm hinterher. »Ist ja ganz nett, dieser Paul.« Franzi zeigte zu Polly, die hinter Paul herstolzierte. »Und auch nicht ungeschickt.«
»Stimmt, und Polly scheint er auch zu gefallen.« Marie grinste. »Dein Typ?«
»Was?« Franzi zog eines ihrer Zöpfchen fest. »Ach so, ja, äh, nee.«

»Wow, der hat dich aber aus dem Konzept gebracht«, staunte Kim, während sie mit schwarzer Farbe ihren Spruch schrieb.
»Was ist denn eigentlich mit Blake?«, wollte Marie wissen. »Habt ihr mal wieder geskypt?«
Franzis Freund Blake war schon zehn Monate im Ausland. Seit einem Reitunfall saß Blake im Rollstuhl. Er war sehr sportlich und machte WCMX, was für Wheelchair Motorcross stand. In Amerika gab es bessere Möglichkeiten, diese Sportart zu trainieren, deshalb hatte er sich für ein Austauschjahr in Fontana entschieden. Weil Franzi zu Beginn ihrer Fernbeziehung nächtelang mit ihm geskypt hatte und daraufhin einige Male beim Abendessen eingeschlafen war, war von ihren Eltern schließlich unter der Woche ein Skypeverbot verhängt worden.
»Eine Fernbeziehung plus Zeitunterschied ist echt eine Herausforderung.« Franzi seufzte. »In sieben Wochen kommt er wieder. Hoffentlich erkenne ich Blake überhaupt noch, wenn ich ihn am Flughafen abhole.«
»Ein Flug von Amerika nach Deutschland hinterlässt einen gewaltigen ökologischen Fußabdruck.« Chrissie sprang neben den drei Freundinnen von ihrem Rad. »Flugzeuge pusten tonnenweise CO_2 in die Luft!«
»Ich weiß.« Franzi überlegte. »Er kann ja durch den Atlantik schwimmen.«
»Stimmt, wenn die Meere immer wärmer werden, dürfte das kein Problem sein«, seufzte Chrissie. Ihr Blick fiel auf die selbst gemalten Plakate. »Wow, die sehen gut aus!«
»Finde ich auch!« Franzis Mutter kam mit einem großen Ta-

blett auf die Mädchen zu. »Hallo, Chrissie, schön, dich mal wieder zu sehen. Wie geht's dir?«

»Gut, Mama, danke. Morgen ist die große Demo.«

»Ja, ich weiß. Toll.« Frau Winkler stellte ein Tablett auf die Wiese. »Voilà. Selbst gezauberte Biozitronenlimo mit Pfefferminzblättern.«

Kim nahm sich ein Glas mit einem grünen Strohhalm. »Fantastisch. Perfekt bei der Hitze. Danke schön!«

Frau Winkler lächelte. »Chrissie, ich bringe dir auch noch ein Glas. Mit Strohhalm?«

Chrissie verdrehte die Augen. »Nein, danke, Mama. Ich will nur ein paar Sachen holen.«

»Was habe ich denn jetzt schon wieder falsch gemacht?« Frau Winkler stemmte die Hände in die Hüften.

»Warum verwendest du immer noch Plastikstrohhalme? Jedes Jahr landen acht Millionen Tonnen Plastik in den Meeren«, sagte Chrissie vorwurfsvoll. »Und warum kaufst du Zitronen, obwohl die gerade keine Saison haben? Die sind mit dem Flugzeug hertransportiert worden.«

Frau Winkler pustete sich eine Haarsträhne aus dem Gesicht. »Erstens: Die Strohhalme habe ich mal in einer großen Packung gekauft. Vor zwei Jahren. Soll ich sie gleich wegwerfen oder erst nach Gebrauch? Und zweitens: Die Zitronen sind bio.«

Chrissie verdrehte die Augen. »Das reicht nicht, Mama.«

»Soll ich dir mal was sagen, Chrissie? Es ist leicht, sich über alles zu beschweren. Aber mach doch bitte erst mal deinen

Schulabschluss und stehe auf eigenen Beinen, ehe du mich so verurteilst.«

»Mama, ganz ehrlich: Was ist dir wichtiger? Dass ich einen Schulabschluss habe oder dass wir auf dieser Erde eine Zukunft haben? Morgen soll ein großer Teil der Natur zerstört werden – und da denkst du an Schulaufgaben?« Chrissie lehnte ihr Rad an die Hausmauer. »Ich hole Klamotten, dann bin ich wieder weg.« Eilig lief sie ins Haus.

Frau Winkler schüttelte den Kopf. »Die Klamotten habe ich übrigens mit Biowaschmittel gewaschen, falls es dich interessiert!«, rief sie Chrissie hinterher. Sie drehte sich wieder zu den Freundinnen. »Lasst euch die Limo trotzdem schmecken.« Frau Winkler rang sich ein Lächeln ab und verschwand dann ebenfalls im Haus.

Betreten schweigend saßen die drei Mädchen zwischen ihren Plakaten auf der Wiese und saugten an ihren Strohhalmen. Dass es allen Detektivinnen gleichzeitig die Sprache verschlug, kam eigentlich nie vor.

Ohne etwas zu sagen, schrieb Marie nun *Kein Planet B* auf ihr Plakat und malte noch einen Kontinent mit Tannenbäumen auf die blaue Kugel.

Franzi betrachtete den in der Sonne funkelnden Glaspavillon weiter hinten auf der Wiese, den ihre Mutter öfter für Veranstaltungen ihres Eventcafébetriebs nutzte. Zusammen mit ihren Eltern, ihrem Bruder Stefan und ihrer Schwester Chrissie hatte sie den sehr heruntergekommenen Pavillon vor längerer Zeit wieder auf Vordermann gebracht. »Irgendwie haben sie beide recht«, fand Franzi. »Aber wenn sie sich ständig streiten, bringt das doch auch keinem was.«

Marie und Kim nickten.

In die Stille hinein war ein leises »I-A!« zu hören. Kim und Franzi sahen sich suchend um.

Marie fischte ihr Handy aus der Tasche ihres Jeanskleides. »Mein neuer Klingelton. Ich hab Adam und Eva aufgenommen.« Marie ging ans Telefon. »Was? ... Oh nein! ... Ja, wir kommen!« Marie legte auf.

»Was ist?«, wollte Kim wissen.

»Die große Fichte neben Adams und Evas Eselstall in Oma Agnes' und Opa Herberts Garten muss gefällt werden. Sie fragen, ob wir uns ein bisschen mit Finn beschäftigen können.« Marie begann, die Deckel der Farbdosen einzusammeln.

»Gebongt!«, sagte Franzi und warf die leere rote Farbdose in den gelben Sack, der neben dem Hausmüll lehnte.

Nachdem sie die Farben und ihre Demoplakate im Kellereingang abgestellt hatten, setzten die drei !!! ihre Helme auf und düsten auf ihren Rädern los.

Die drei
Jetzt auf
DVD und Blu-ray!
WESTSIDE
FILMPRODUKTION
Rat Pack
FILMPRODUKTION
Constantin Film

Die drei !!!

Kim, Franzi und Marie auf großer Reise

Jeder Band mit ca. 160 Seiten, je ca. €/D 10,–

ISBN 978-3-440-16531-7

ISBN 978-3-440-16530-0

ISBN 978-3-440-16529-4

ISBN 978-3-440-16532-4

Komm mit und entdecke die coolsten Metropolen Europas: London, Paris, Berlin und Barcelona warten auf dich! Kim, Franzi und Marie erleben dort spannende Fälle und geben dir außerdem Sightseeing-Tipps.
Mit witzigen Fun-Facts, einem Stadtplan und Sprachführer!

diedreiausrufezeichen.de